विजय तेन्दुलकर

जन्म : 6 जनवरी, 1928। मराठी के आधुनिक नाटककारों में शीर्षस्थ विजय तेन्दुलकर अखिल भारतीय स्तर पर प्रतिष्ठित एक महत्त्वपूर्ण नाटककार थे। 50 से अधिक नाटकों के रचयिता तेन्दुलकर ने अपने कथ्य और शिल्प की नवीनता से निर्देशकों और दर्शकों, दोनों को बराबर आकर्षित किया। पूरे देश में उनके नाटकों के अनुवाद एवं मंचन हो चुके हैं। हिन्दी में उनके 30 से अधिक नाटक खेले जा चुके हैं।

'खामोश! अदालत जारी है', 'घासीराम कोतवाल', 'सखाराम बाइंडर', 'जाति ही पूछो साधु की' और 'गिद्ध' आदि बहुचर्चित-बहुमंचित नाटकों के अलावा उनकी प्रमुख नाट्य रचनाएँ हैं : 'अंजी', 'अमीर', 'कन्यादान', 'कमला', 'चार दिन', 'नया आदमी', 'बेबी', 'मीता की कहानी', 'राजा माँगे पसीना', 'सफ़र', 'नया आदमी', 'हत्तेरी किस्मत', 'आह', 'दंभद्वीप', 'पंछी ऐसे आते हैं', 'काग विद्यालय', 'काग़ज़ी कारतूस', 'नोटिस', 'पटेल की बेटी का ब्याह', 'पसीना-पसीना', 'महंगासुर का वध', 'मैं जीता मैं हारा', 'कुत्ते', 'श्रीमंत' आदि।

विजय तेन्दुलकर के नाटकों में मानव जीवन की विषमताओं, स्वाभाविक व अस्वाभाविक यौन सम्बन्धों, जातिगत भेदभाव और हिंसा का यथार्थ चित्रण मिलता है। उनके अधिकांश पात्र मध्यम एवं निम्न मध्यमवर्ग के होते हैं और उनके विभिन्न रंग इन नाटकों में आते हैं।

निधन : 19 मई, 2008

कुत्ते

विजय तेन्दुलकर

अनुवाद

सुषमा बक्षी

राजकमल पेपरबैक्स

पहला पुस्तकालय संस्करण
राजकमल प्रकाशन प्राइवेट लिमिटेड द्वारा
2007 में प्रकाशित

राजकमल पेपरबैक्स में
पहला संस्करण : 2017
दूसरा संस्करण : 2023

राजकमल पेपरबैक्स : उत्कृष्ट साहित्य के जनसुलभ संस्करण

राजकमल प्रकाशन प्रा.लि.
1-बी, नेताजी सुभाष मार्ग, दरियागंज
नई दिल्ली-110 002
द्वारा प्रकाशित

शाखाएँ : अशोक राजपथ, साइंस कॉलेज के सामने, पटना-800 006
पहली मंजिल, दरबारी बिल्डिंग, महात्मा गांधी मार्ग, प्रयागराज-211 001

वेबसाइट : www.rajkamalprakashan.com
ई-मेल : info@rajkamalprakashan.com

यश प्रिंटोग्राफिक्स
नोएडा–201 301 (उत्तर प्रदेश)
द्वारा मुद्रित

मूल्य : ₹ 199

KUTTE
Play by Vijay Tendulkar

ISBN : 978-81-267-3020-9

कलाश्रय, मुम्बई द्वारा 26 मार्च, 2002 को मंचित नाटक की प्रस्तुति में इन कलाकारों ने भाग लिया

मंच पर

मैं : मकरंद अभ्यंकर
घोडके : किशोर कदम
बाबू : असीम हट्टंगडी/अरविन्द तलगांवकर
औरत : रोहिणी हट्टंगडी
ताडपत्रीवाला : पद्माकर सरप

मंच परे

गीत-गोविन्द गायन : श्रीमती वन्दना कट्टी
प्रकाश : रवीन्द्र सावन्त
नेपथ्य : सीताराम कुम्भार
ध्वनि : शांतनु मोघे
रंगमंच व्यवस्था : योगेश गरड/अरविन्द तलगांवकर/असीम हट्टगंडी
संगीत : शांक-नील
परिकल्पना एवं निर्देश : जयदेव हट्टगंडी

अंक : एक

पर्दा पहले से ही उठा हुआ है। पर्दे पर गाँव का रोज़मर्रा का नज़ारा। दुकानें, लोग (औरत शायद ही कोई है, पुरुष ज्यादा हैं) सुस्त लावारिस कुत्ते, पैर पसारे बैठे जानवर, खुले गटर, रूखी धूप और धूल ओढ़े लेटी सड़क।

पिछली तरफ बेंच पर आराम से सिगरेट या बीड़ी पीते हुए बैठा एक आदमी। दो-एक बार अन्दर जाकर फिर से आकर बैठ सकता है—पीठ किये हुए।

गाँव में आयी हुई नौटंकी में जैसा खेल शुरू होने से पहले बेसुरा कर्कश-सा संगीत बजता है, वैसा ही संगीत साउंडट्रैक पर बज रहा है। यहाँ शब्दों का मतलब नहीं होता। चलते-चलते ही संगीत रूठी हुई पत्नी की तरह अचानक आधे सुर पर अटक जाता है। लेकिन तभी उसी जोश के साथ शुरू हो जाता है जैसे रुका ही न हो।

संगीत की ताल पर नाचते हुए एक विदूषक प्रवेश करता है दर्शकों के मनोरंजन के लिए ठुमका लगाता हुआ। प्रेक्षागृह में दर्शकों की उपस्थिति होने तक यह नाच चलता रहता है।

धीरे से संगीत फेड होता है या इसे फेड करने के लिए विदूषक रंगमंच से अन्दर इशारा भी कर सकता है।

मैं : *(दर्शकों का अभिवादन करते हुए)* माई-बाप, जेंटलमैन एंड लेडीज टीपटॉप ! हम हैं अगर आप हैं। आप नहीं तो खेल

नहीं। खेल नहीं तो मेल नहीं। आज का खेल एक ऐसा सनसनीखेज खेल है जो दस हजार सालों में न तो किसी ने देखा है और न सुना है।

तो कद्रदान, सावधान ! मेहरबानो दीजिए ध्यान, खेल आज का न कल का—न परसों या तरसों-नरसों का। खेल नया—जैसे गरमा-गरम भजिया। ऐसा मनोरंजन कि टिकट वसूल। टिकट के पैसे वसूल। तो माई-बाप, यह कहानी है एक विक्रेता की—सेल्समैन की—ऐन बीस वर्ष के नौजवान की। भीगी मसें, गीले होंठ, शहर का, मध्यवर्गीय परिवार का वह युवा विक्रेता। घर में माँ-बाप। दिमाग तो ठीक-ठाक पर पढ़ाई कम—थर्ड डिविजन में ग्रेजुएट। इस थर्ड क्लास को एक सेकेंड क्लास कम्पनी में नौकरी मिली—सेल्समैन की—टेंपररी—गाँव-गाँव घूमकर माल की खपत बढ़ाने के लिए। छह महीने अप्रेंटिस। छह महीने बाद परमानेंट। ज्वाइन हुआ अप्रेंटिस के रूप में और डाल दिया गया मोफस्सिल में—शहर से दूर तालुके की जगह पर जहाँ संडास के नाम पर थी मीलों फैली खुली धरती और सिर पर आसमान। पेड़-पौधों की आड़ लेकर लोग शुरू हो जाते। नहाना भी खुलेआम।

नल आए पर पानी के आते-आते दो साल निकल गए। बत्ती आयी पर रोशनी होते-होते सालों गुज़र गए। धीरे-धीरे सब कुछ आया पर किसी चीज का कोई भरोसा नहीं था। बत्ती है तो पानी नहीं, पानी है तो फसल के लिए बारिश नहीं, फसल है तो धान का उठाव नहीं। पर गाँव खा-पीकर सुखी था, यानी खाना एक ही वक्त, पर पीना वक्त-बेवक्त-हरवक्त। ऐसा गाँव—ऐसे लोग।

गाँव में चार मकान दोमंजिले—बाकी सारे बैठे। दोनों को घेरे हुए पथरीली दीवार की कम्पाउंड—बाकी मकान खुले। पथरीली

दीवार के भीतर बसे एक बड़े परिवार की यह कहानी। यह नाटक। यह खेल।

यह कहते हुए गले में लटका मुखौटा और विदूषक की ऊँची टोपी छोड़ जोकर की अन्य निशानियाँ उतार देता है और अब विदूषक के भेस में छिपा—मैं दर्शकों के आगे खड़ा है। शर्ट, टाई, कोट, पैंट, बूट। लेकिन सर पर अभी भी वही जोकरवाली टोपी है जैसे भूले से रह गयी हो। उम्र तीस की लगती है।

मैं : पहली बार। पहला दिन। पहली तनख़्वाह। पहला प्यार। पहला धोखा। पहली रात। पहला बच्चा। किसी ने कहा है, हर पहली चीज का मजा ही कुछ और होता है। किसी को एतराज ? नहीं—मतलब हम लोग महाराष्ट्र में हैं ना, इसीलिए पूछा। यहाँ भले ही किसी का अपना मत न हो, पर ऐतराज जरूर होता है और ऐतराज हो तो भी चलेगा—पहली बार ही साले अपन ऐसे बुद्धू और चूतिया बन जाते हैं। किसी को कुछ कहना है ? हाथ आया अवसर हाथों-हाथ गँवा बैठते हैं और फिर हाथ मलते रह जाते हैं। पहला मौका तो गया—गॉन। हमने ही गँवाया। दोष हमारा ही है। चुतियापा—अपना ही। ऐसे कितने ही मौके हाथ से गँवाने के बाद हासिल होती है—होशियारी। अनुभव से जो हासिल होती है ना—वो। पर ये होने तक मन पूरी तरह से ऊब जाता है। किसी बात में कोई नयापन ही नहीं बचता और कुछ नया हो भी जाए तो हम कहते हैं—छी ! साली क्या जिन्दगी है !

आयी हेट मायसेल्फ ! अब भी याद आती है तो साला शर्म से डूब मरने का दिल करता है। *(सँभलकर)* तो उसकी है ये कहानी।

पर मैं ये क्यों कह रहा हूँ ? कभी-कभी हम अनजानों के सामने खुद को ही नंगा कर देते हैं। आपकी मेरी क्या पहचान ? कुछ नहीं। मेरे निजी मामलों में दखल देने का आपको क्या अधिकार है ? आँ ? कहिए ना—कुछ नहीं। फिर भी मैं आपके सामने खड़ा हूँ—क्यों खड़ा हूँ ? जो किसी को नहीं बताया, खुद को भी जिस बात की याद दिलाने का मन नहीं करता, वो बात आप लोगों को बताने निकला हूँ। पर क्यों ?

दुनिया के सामने खुद को नंगा करना भी शायद कभी-कभी इनसान की जरूरत रहती होगी। जैसे इस वक्त मेरी है।

(स्क्रीन के दृश्य की ओर इशारा करते हुए) तो ये परदे पर जो नजर आ रहा है वो समझ लीजिए कि सोलापुर की तरफ का तालुका का कोई गाँव है। नाम में क्या रखा है ? कलघटगी या मन्दर्गी या...ऐसा ही कोई नाम। ज़माना पुराना। पुराना मतलब एकदम पुराना नहीं—पर अभी का भी नहीं।

ये परदे पर दिखनेवाली तस्वीर मैंने खींची है—अपने नये कैमरे से—जब यहाँ पहुँचा था शुरू के दिनों में, तभी खींची थी। इसमें ये इस तरफ जो कोने में हलका-सा दाग दिख रहा है—मेरी उँगली है—जो गलती से लैंस पर आ गयी थी। नया-नया कैमरा लिया था। उसी वक्त एक और ऐसी ही तस्वीर खींची थी—उसमें तो पूरा पंजा आया था, गाँव था ही नहीं। फोटोग्राफी के साथ वह मेरी पहली हाथापाई थी। पहला ये—पहला वो—वैसी ही पहली हाथापाई।

तो ये जो नज़र आ रहा है वो है तालुका। कलघटगी या मन्दर्गी—पहले कभी ब्रिटिश जमाने में ये एक पूरा संस्थान था। पूरे ताम-झाम समेत—राजा, प्रधान, दरबारी। गाँव की अश्वशाला में अब लड़कियों की पाठशाला चलती है। चीफ महावत की

कचहरी में पाठशाला की प्रमुख अध्यापिका बैठती हैं। सरकारवाड़ा में अब जिला सत्र न्यायालय का कामकाज चलता है। हाथीखाना—अब इकलौते दमकल को रखने की जगह बन गया है। गाँव का प्रमुख उत्पादन—बच्चे। प्रमुख व्यवसाय—खाना, सोना, स्थानीय राजनीति और मैथुन। बचे-खुचे समय में खेती, नौकरी और दुकानदारी आदि शौक।

तो ये गाँव और ये मैं। दवाई से लेकर साबुन तक लगभग साठ ग्राहक-उपयोगी वस्तुओं की निर्माता और व्यापार करनेवाली एक छोटी-मोटी कम्पनी का अभी-अभी नौकरी में लगा ताजा-ताजा नौसीखिया पगारी विक्रेता। पहले का विक्रेता बीमार हुआ इसीलिए उसकी जगह भरने के लिए कम्पनी ने तत्काल मुझे भेज दिया।

एक सुहानी सुबह को यहाँ पहुँच गया। *(पिछले परदे पर खुले में शान्ति से सवेरे के नित्यकर्म निपटाते हुए बच्चे-बड़े)* नया गाँव। नया माहौल। वैसे मैं भी नया ही था। इसीलिए सर्कस में पहले-पहल झूले पर करतब दिखानेवाले की जो हालत होती है, वैसी ही हालत मेरी भी थी। क्या होगा ? पता नहीं।

आकर हुश्श करता है—जैसे अभी-अभी पहुँचा हो। कोट निकालकर अन्दर फेंकता है। टाई ढीली करता है। इधर-उधर घूमता है। निरखता है।

बाहर के लोगों को ठहराने के लिए गाँव की ये इकलौती जगह। बादशाही लॉज—जिसकी लॉ में से ऑ गायब हो चुकी थी, और अब सिर्फ लाज बची थी। बादशाही...लाज। गल्ले पर, किताबी बादशाहों की तरह मूँछों पर ताव देता नंग-धड़ंग आदमी। चार दिन की दाढ़ी गालों पर सजाए घूमते मालिक को छोड़ दें तो वहाँ पर मुझे कुछ भी बादशाही नजर नहीं आया। नौकर ऐसे

कि एक बार जाएँ तो दोबारा न लौटें, पंखा या तो तूफान मेल की तरह घूमे या फिर सिग्नल पर रुकी गाड़ी की तरह रुका रहे और कमरे में झींगुर, छिपकली और अलग-अलग साइज के चूहे यानी पूरा प्राणी संग्रहालय था। उसमें अँधेरा होते ही मच्छरों का राज शुरू हो जाता। *(ताली से मच्छर मारता है।)*

वैसे कुल-मिलाकर परिस्थिति कुछ खास अच्छी नहीं थी, फिर भी अभी कुछ महीने तो यहीं पर गुजारने थे और ईमानदारी से कम्पनी की सेवा करनी थी इसलिए फुर्त्ती लाना भी जरूरी था।

तो इस तरह से बादशाही लाज नामक उस बदतर जगह पर एक मुर्गाघरनुमा कमरे में अपना बैग रखकर भविष्य के डरावने सपने देखते हुए *(मच्छर मारता है)* मैं पल गिन रहा था...

रंगमंच की सारी बत्तियाँ जल जाती हैं। परदे का नजारा हलका हो जाता है—पर रहता है। पिछली तरफ बैठा आदमी उठकर खड़ा होता है और दर्शकों की ओर मुड़ता है। उसे हम पहली बार ठीक से देख पाते हैं। यह घोडके है। यानी कौन, ये आप अभी जान जाएँगे।

घोडके : *(मैं की तरफ आता है और दरबारी स्टाइल में सलाम करता है)* राम राम बसाले सरकार, राम राम !

मैं : *(उसकी तरफ ध्यान देकर)* हाँ ? राम राम, *(दर्शकों से)* बसाले सरकार ! सुनकर कानों में ऐसी गुदगुदी हुई जैसे किसी ने गालों पर मोरपंख घुमाया हो। अब तक तो किसी ने साहब करके भी नहीं पुकारा था। *(घोडके को यूँ जताता है जैसे वह कोई वी.आई.पी. है)* आप कौन ? नाम कैसे पता चला ?

घोडके : पता कैसे नहीं चलता ? कम्पनी का लेटर था। स्टेशन की तरफ चक्कर भी लगाकर आया। पर पता चला, गाड़ी लेट है। सोचा, एक काम खत्म करके आता हूँ तब तक गाड़ी निकल गयी थी।

गाड़ियों का कोई भरोसा ही नहीं रहा।

मैं : *(दर्शकों से)* अच्छा ! यानी कम्पनी का यहाँ का आदमी ! *(सामने खड़े आदमी को नजरों से परखते हुए)* सादा पिऊन लगता है। *(घोडके से)* आपका नाम ?

घोडके : मेरा ? घोडके सरकार।

मैं : घोडके सरकार ? यानी घोडके।

घोडके : *(समझाते हुए)* घोडके सरकार। पूरा नाम कोंडाजी घोडके उर्फ घोडके सरकार। यहाँ नाम के आगे सरकार लगाने का रिवाज है। घोडके सरकार। म्हशे सरकार। नागवे सरकार। यहाँ का स्कूल मास्टर–ससे सरकार। पुराने जमाने से रिवाज है यहाँ का। स्कूल में मुझे डाँटने के लिए भी पुकारता तो कहता–क्या घोडके सरकार ? तेरी जात का... *(मैं से)* बित्ता-भर के छोरे को सरकार पुकारने में जीभ अटकती थी मास्टर की, पर कोई बस न था, रिवाज ही ऐसा था ना ! एक बार क्या हुआ, मास्टर बेरके कांग्रेसवाले के छोरे को सरकार पुकारने से चूक गया और महीने के अन्त में तबादले का हुक्म आया हाथ में। पूछिए क्यों ? सरकार नहीं कहा। छोरे के बाप ने कर दी शिकायत और मास्टर को बोरिया-बिस्तर उठाकर दूसरी जगह जाना पड़ा।

मैं : *(दर्शकों से)* सरकार कहलाने का सारा शौक जाता रहा। *(घोडके से)* चाय मिल जाती तो–घोडके...सरकार। इस होटल का कुछ ठीक नहीं–कहीं बाहर से...?

घोडके : घर से मँगाता हूँ ना–इसमें कौन-सी बड़ी बात है ? इस गैलरी से आवाज दी तो चाय हाजिर *(गैलरी में खड़े होकर बाहर देखते हुए अलग-अलग तरह से पुकारता है)* चाची सरकार... *(मैं से)* सामने मैदान के उस पार जो घर है ना–वो हमारे चाचा का है– *(फिर से)* बंडू सरकार... *(मैं से)* भतीजा है मेरा... *(आवाज़)*

ओऽ राही सरकार...*(मैं से)* भतीजी...लगता है सब सो रहे हैं। तब तक यहीं की पी लीजिए और क्या ? बाद में घर से मँगा लेंगे। *(अन्दर आवाज देते हुए)* डाकवे सरकार–*(मैं से)* मैनेजर–*(अन्दर की तरफ मुड़कर)* बसाले सरकार के लिए सब स्पेशल हाँऽ। ऐसा-वैसा कुछ नहीं–बीएस्सी हैं बम्बई से। कम्पनी में जल्द ही मैनेजर बननेवाले हैं। *(मैं को आँख मारते हुए)* ऐसा कहने से अच्छा रहता है। नहाने के लिए गरम पानी मिल जाता है। ऊपर से हर चार दिन बाद तौलिया और चद्दर बदली हो जाते हैं। *(धीमे स्वर में)* सोडावाटर और बर्फ का भी इन्तजाम हो जाता है।

नौकर चाय लेकर आता है। घोडके उससे चाय लेकर मैं को देता है।

घोडके : *(नौकर से)* बाबू सरकार–सरकार बहोत बड़े हैं। इनको क्या चाहिए, क्या नहीं–चोक्कस ध्यान रखना। दिल जीत लिया तो सिर पर बिठा लेंगे। *(नौकर के जाने के बाद मैं से, हल्के स्वर में)* कहने से काम बन जाते हैं। नाम याद रखिए। बाबू–सरकार लगाना मत भूलिए। पुकारना हो तो सरकार। यहाँ का रिवाज। मैनेजर डाकवे सरकार। अब आराम कीजिए। काम...कल से ही...वही ठीक है। सफर से थके-माँदे आए हैं। शाम को फिर हाजिर हो जाता हूँ सेवा में। सर्वदमण कोंडाजी घोडके–भूल गए हों तो–इसीलिए याद दिलाया–घोडके सरकार–घोडके मास्साब कहने से भी गाँव पहचानता है। पिताजी मास्टर थे। उन्हें सब मास्साब पुकारते थे। मुझे भी उसी नाम से जानते हैं। चलता हूँ फिर। *(पीछे जाकर पीठ करके फ्रीज हो जाता है।)*

मैं : *(टाई निकालकर अन्दर फेंक देता है। शर्ट की बाँहें ऊपर करते* हुए) घोडके सरकार की और मेरी ये पहली मुलाकात। एक ही मुलाकात में साले ने मुझे पहचान लिया। कम्पनी के घूमते

विक्रेताओं की नस पहचानना इसके बाएँ हाथ का खेल होगा।

घोडके फिर पीछे से आकर मैं के आगे खड़ा हो जाता है।

घोडके : *(मैं की तरफ आते हुए)* राम राम सरकार, आराम मिला ? पूछने का रिवाज–नींद तो आयी ही नहीं होगी। सिर पर पंखा लाख घूमता रहे पर मजाल है जो हवा लगे। यह पंखा वैसे ही है जैसे सिन्दूर के लिए पति होता है। गरमी लगी होगी। खटमल भी होंगे गद्दी में। पर सरकार सफर से ही इतने थके होंगे कि नींद तो आ ही गयी होगी। आपके पहले के जोशी सरकार–आए तो पहली रात जागकर गुजारी। नींद नहीं। दूसरी रात फिर वही। तीसरी ? वही, चौथी ? सोए–नहीं तो क्या करते ? सोए बगैर थोड़े ही चलता है ? ऊपर से कामवाला आदमी–आए नहीं तो लानी पड़ती है। रात का क्या प्रोग्राम है ?

मैं : *(सवाल जैसे अचानक सुना)* रात का ? प्रोग्राम ?

घोडके : रात होगी ना अब–और सरकार यहाँ नये। नये गाँव में पहले एक-दो दिन नींद कहाँ आती है सरकार ?

मैं : आज रात को सोऊँगा।

घोडके : पर आनी भी तो चाहिए ना, नींद।

मैं : आ जाएगी।

घोडके : आयी तो अच्छा ही है–पर नयी जगह में घर की यादें आती हैं। और न भी आएँ तो–इस छोटे से गाँव में आपको लोग भले न मिलें पर खटमल–वे तो मिलेंगे ही। इस लॉज के परमानेंट मेम्बर्स हैं वो। *(थोड़ी देर रुककर)* तो फिर ? कौन-सी एंटरटेनमेंट देखनी है ? यहाँ मुम्बई के बराबर का कुछ नहीं, पर थोड़ा-बहुत है। एक सिनेमा थिएटर है। वहाँ कन्नड सिनेमा दिखाते हैं। कभी मराठी भी दिखाते हैं। साल में एकाध बार

कभी-कभी तमाशा भी आता है गाँव में। पहले के जोशी सरकार को तमाशा अच्छा लगता था। अभी सीजन नहीं है तमाशे का। चलेंगे या यहीं रूम पर बैठे-बैठे लेटकर सो जाएँगे ? नींद आने के लिए यहाँ का कंट्री स्टफ बुरा नहीं है। ऊपर से तकलीफ नहीं। घोडके लाएगा, बोले तो एकदम सेफ। आँख मूँदकर गुटक जाने का और बिंदास्त सो जाने का—सीधे सवेरे ही नींद खुलेगी।

मैं : *(थोड़ी देर सोचकर)* जरूरत नहीं—

घोडके : ठीक है—*(कमीज से बोतल निकालकर रखते हुए)* फिर भी रख लीजिए—जरूरत पड़ी तो—रात का समय है—ऐन वक्त पर तलब लगी तो कहाँ से मिलेगी ? रख लीजिए—

मैं : *(दूर से ही बोतल देखकर जेब में हाथ डालते हुए)* कितना इसका ?

घोडके : किसका ? क्या सरकार—पैसे कहाँ भागे जा रहे हैं ? और किसी चीज की जरूरत हो तो शरमाइएगा नहीं। कम्पनी का पगार खाता हूँ।

मैं : हाँ-हाँ, नहीं शरमाऊँगा *(अपने अधिकार का अहसास जग जाता है)* अब आप चलिए घोडके...सरकार। सवेरे ठीक सात बजे आ जाइएगा।

घोडके : आ जाऊँगा—एकाध बार घड़ी चूक सकती है, पर ये सर्वदमण कोंडाजी घोडके लेट नहीं होगा—हाथ पर घड़ी रहे न रहे—*(सिर की तरफ इशारा करते हुए)* यहाँ है। घोडके मास्साब—मेरा बाप। स्कूल की तरफ निकलता तो लोग घड़ियाँ मिलाते थे। तो चलूँ सरकार ? शान्ति से सो जाइए। नींद नहीं आयी, तो इन्तजाम है ही *(कहते हुए बोतल की तरफ इशारा करता है।)* बाबू को जगाइए। वो बाकी इन्तजाम कर देगा, यानी जग गया

तो। जैसे दिन-भर काम करने से आदमी थकता है वैसे ही बिना किये भी थक जाता है। चार गालियाँ दीजिए—कोई हर्ज नहीं। जागा नहीं तो एक लात जमा दीजिए। पर सरकार कहकर पुकारिए—बस। फिर भी नहीं उठा तो ऐसे ही ले लीजिए, कुछ नहीं होगा। खरा माल है। चलूँ मैं ? और कुछ चाहिए तो अभी हुकुम कर दीजिए। चारमीनार ? पीला हाथी ?

मैं : *(जेब टटोलकर)* खत्म हो गयी लगता है, रेड एंड व्हाइट का एक पैकेट होता तो अच्छा होता—

घोडके : *(दो पैकेट्स निकालकर टेबल पर रखता है)* दो चारमीनार हैं—रख लीजिए। रात-बेरात जरूरत पड़ जाएगी—यहाँ तो बेवक्त मौत भी नहीं मिलती।

मैं : *(फिर से जेबें टटोलता है)* कितना हुआ ?

घोडके : क्या ? पैसा ? क्या सरकार ? इतने से पैसों के लिए क्या पूछ रहे हैं ? दो पैकेट का क्या है ? चलता हूँ फिर—

पीछे जाकर पीठ करके खड़ा हो जाता है। फ्रीज होता है।

मैं : *(दर्शकों से)* घोडके गया—गलती हो गयी, घोडके सरकार गए। थका हुआ था। बत्ती बुझाकर बिस्तर पर लेटा और आँखें मूँदीं। पलकें भारी होने ही लगी थीं कि किसी ने काटना शुरू किया।

ऊपर से कन्नड फिल्म का लास्ट शो छूटा था शायद—रास्ते पर हलचल—वो बन्द हुई तो कुत्तों को जोश आया। रुकने का नाम ही नहीं ले रहे थे। वो चुप नहीं हुए कि मच्छरों का गाना शुरू हो गया...वो भी कान के अन्दर घुसकर। उनके जाते ही खटमलों का काटना अपनी चरम सीमा पर पहुँच गया। ये वही खटमल थे जिनके बारे में घोडके सरकार ने पूर्व सूचना दे रखी थी।

पसीने से जान निकलने लगी। पंखा तेज किया तो वो रूठ गया, बन्द ही हो गया। तंग आकर जमीन पर चद्दर बिछाकर लेटा। इससे खटमलों से तो छुटकारा मिला, पर मच्छरों को दावत मिल गयी। इस चक्कर में नींद कहाँ से आती ? मन में अंट-शंट विचार आने लगे। दीवार पर लगे कैलेंडर में सरस्वती की कटी हुई तस्वीर थी। उसकी छाती हेमामालिनी जैसी और होंठ सामने की चाली में रहनेवाली दीपा उमरालकर की तरह लगने लगे। दीवार में पड़ी दरार अश्लील दिखने लगी। उस पर मच्छरों का उपद्रव और बढ़ा। उनसे बचने के लिए चद्दर लूँ तो जानलेवा गर्मी। रात अभी भी बाकी थी। अन्त में घोडके की रखी हुई बोतल का सहारा लेना पड़ा।

पीछे की तरफ खड़ा घोडके मुड़कर मैं की तरफ बढ़ता है।

घोडके : गुड मॉर्निंग सरकार—घोडके सरकार का राम राम।

मैं : *(गुस्से में)* घोडके, क्या वक्त हो रहा है ?

घोडके : साढ़े आठ शायद—

मैं : नौ में पाँच कम हैं—

घोडके : लीजिए। यहाँ की घड़ियाँ आगे-पीछे रहती हैं। एक का दूसरे के साथ मेल नहीं। *(बोतल की तरफ देखकर)* लगता है सरकार को एकदम चौकस नींद मिली ? घोडके का लाया हुआ स्टफ ही ऐसा था।

मैं : आप सात बजे आनेवाले थे—

घोडके : पौने सात—मैं आ ही रहा था पर रास्ते में सोचा, सरकार की आँख देर से लगी होगी तो इतने सवेरे क्यों जगाऊँ ? इसीलिए आधे रास्ते से लौट गया—राम कसम ! फिर भी आपकी नींद कहाँ पूरी हुई—चेहरे से साफ पता चल रहा है कि रात आँखों

में कटी है—सिग्रेट्स खत्म हो गयी हों तो और मँगाऊँ ?

मैं : नहीं, डिपो जाना है। हम लोगों को इस वक्त मार्केट में होना चाहिए था घोडके।

घोडके : होंगे ना। मार्केट कहाँ भागा जा रहा है ?

मैं : *(अधिकार के स्वर में)* घोडके—दुकानों में ग्राहकों की भीड़ शुरू होने से पहले हमारा राउंड खत्म होना चाहिए था।

घोडके : कल से खत्म होगा। पर अभी दुकानों में भीड़ है कहाँ ? पिछला मौसम तो अकाल में बीत गया—लोगों के पास पैसा ही नहीं है तो दुकानों में भीड़ कहाँ से होगी ? ब्रेकफास्ट ? मँगाऊँ ?

मैं : नहीं, पहले डिपो। वहाँ से मार्केट। हो सके तो कहीं चाय ले लूँगा।

घोडके : सरकार—माँ कसम, कम्पनी का परम भाग्य, जो आप जैसे लोग उसे आज भी मिलते हैं *(दोनों स्टेज पर चलने लगते हैं। आगे मैं और पीछे घोडके)* नहीं तो जहाँ देखिए, वहाँ चालूगिरी। किसी को कुछ लेना-देना नहीं। हर कोई अपना मालिक आप। सारे के सारे मतलबी, कामचोर। काम छोड़कर बाकी सब करेंगे। काम के लिए कहिए, नानी मर जाएगी। मैयत में बुलाइए, गाँव जमा हो जाएगा। बुरे वक्त में कोई देखेगा नहीं, पर भोजन कराइए, भीड़ उमड़ पड़ेगी। जबानें थक जाएँगी पर बातें नहीं रुकेंगी। *(सोचकर)* चलिए, चलिए सरकार, मैं भी वही करने लगा। पहले डिपो चलते हैं, वहाँ से माल भरकर सीधे मार्केट—

फिल्मी संगीत जोरों से शुरू होता है। मैं चेहरे पर मुखौटा चढ़ाता है। दोनों चक्कर लगाते हैं। मैं सीना ताने आगे और पीछे घोडके। संगीत बीच में ही रुक जाता है।

मैं : *(मुखौटे के पीछे से)* रास्ते में एक होटल में खाया—चाय पी—

घोडके : *(डकार लेते हुए)* सरकार ने खाया, पिया—अब तसल्ली मिली घोडके को। अब जी भरकर काम करेंगे।

मैं : *(मुखौटा हटाकर—दर्शकों से)* हम लोग गोडाउन गए—वहाँ पहले विक्रेता का सील किया हुआ माल टैली करके कायदे से माल का चार्ज लिया, तब तक घोडके हाथगाड़ी ले आया—

हाथगाड़ी लेकर घोडके हाजिर होता है। गाड़ी में माल के रंग-बिरंगे विज्ञापनों की सजावट।

मैं : हम दोनों ने गाड़ी भरी। कम्पनी अपने खर्चे से विक्रेताओं को हाथगाड़ी में प्रॉडक्ट सजाने का कोर्स कराती थी। यानी आकर्षक और सजीला रख-रखाव, वगैरा। मुझे इसमें खास प्रदर्शन के लिए सर्टिफिकेट भी मिला था।

हाथगाड़ी भरकर तैयार।

घोडके : वा सरकार ! गणपती की सजावट भी इसके आगे झक मारेगी। चलिए अब मार्केट में।

फिल्मी संगीत शुरू होता है। मुखौटा निकालकर मैं और पीछे से गाड़ी धकेलते हुए घोडके। रंगमंच पर गोल-गोल लय में घूमते हैं। संगीत रुकता है।

मैं : *(चेहरे का मुखौटा हाथ में लेकर दर्शकों से)* पहला दिन। हमारी बारात मार्केट से गुजरी। वही—नौकरी के चार महीने के प्रशिक्षण में सीखी हुई बेशरम ज़िद, चालाकी और मगजमारी। व्यापारिक होशियारी से विक्रेता होशियारी की जंग—पहला दिन होने की वजह से हर दुकान में चाय, कोला, सिगरेट, नहीं तो पान आगे किया जाता—न चाहने पर भी लेना पड़ता। रतजगे और गले तक भरे पेट की वजह से नजरों पर हावी होती झपकी

को बमुश्किल दूर ठेलते हुए काम किया। मैं काम में व्यस्त होता तो घोडके सरकार कभी दुकान के कर्मचारियों से सुख-दुःख की बातें करते या दुकान की सीढ़ी पर बीड़ी पीते हुए कहीं नजर गड़ाए खड़े रहते। कभी आसपास कहीं लुढ़के रहते, पर करीब ही। घोडके–

गायब हुआ घोडके–जल्दी-जल्दी हाथगाड़ी विंग में रखकर आता है।

घोडके : *(हाथ झटकते हुए)* बहोत काम किया सरकार आज–सरकार के पहले ही दिन चार दिनों का काम हुआ–

मैं : *(अँगड़ाई लेते हुए)* आज अच्छी नींद आएगी। अच्छा काम हुआ। बहोत थकान लग रही है। रात को जल्दी सोऊँगा।

घोडके : सरकार, आप अभी लॉज पर पहुँचिए। मैं जरा एक जगह होकर आता हूँ। सन्देश आया था मग्गिरे का सवेरे–बीवी अड़ी हुई थी उसकी। देखकर आता हूँ क्या हुआ।

मैं : लॉज पर क्यों आएँगे ? सवेरे लेकिन जल्दी आ जाइएगा।

घोडके : हाँ हाँ। पहुँच जाऊँगा, आठ यानी आठ।

मैं : आठ नहीं सात–

घोडके : अच्छा सात।

घोडके मुजरा करते हुए पीछे जाकर पीठ फिराकर फ्रीज होता है।

मैं : नींद से आँखें बोझिल थीं फिर भी लॉज पर पहुँचते ही दिन-भर के काम की रिपोर्ट बनाई। इतना बोरिंग काम था पर कल की डाक से जाना जरूरी था। मार्केट के काम से ज्यादा यह काम विक्रेता को थकाता है। भूख लगी थी पर लॉज के खाने की

याद आते ही गायब हो गयी, फिर भी खाया। अब नींद जोर मार रही थी। सोचा जमीन पर सिर्फ चद्दर बिछाकर सोऊँगा। कोशिश करके पंखा चालू रखा। आज मैं उसे तेज करने के चक्कर में नहीं पड़नेवाला था। मार्केट से खरीदी हुई मच्छर भगानेवाली कॉइल कोने में जलाकर रखी। दुनिया चाहे इधर की उधर हो जाए, फिर भी नहीं उठूँगा, इस विश्वास के साथ दिया बुझाया।

बारह बजे, एक बजा, दो बजे, ढाई बजे—आँखें छत निहारतीं—एकदम खुलीं। थका-माँदा शरीर नींद की भीख माँग रहा था और मैं निद्रानाश से ग्रस्त मरीज की तरह जगा हुआ—नींद नहीं आयी तो नहीं ही आयी।

इस अवस्था को दर्शाने वाला बैकग्राउंड संगीत। रोशनी भी बदलती है।

मौका पाकर मन में आज तक छिपे उल्टे-सीधे विचार इकट्ठे होने लगे। इसलिए उठकर बैठ गया। दिया जलाया। देखते-देखते मन उदास हो गया। साली क्या जिन्दगी है ! सवेरे ही पहली बस पकड़कर मुम्बई पहुँचने का इरादा पक्का किया। घड़ी में देखा तो अभी आधी रात बाकी थी। उठा। बेल बजाई।

खिंचे हुए चेहरेवाला नौकर बाबू आता है।

मैं : सॉरी बाबू, बाबू सरकार। यहाँ कहीं ड्रिंक्स वगैरा मिलेंगे ? मतलब बहोत देर हो गयी है, फिर भी... ?

बाबू घूमकर जाने लगता है।

मैं : यानी मिलेंगे ?

बाबू जाने लगता है।

मैं : *(थोड़े पैसे बाबू के हाथ पर रखते हुए)* साथ ही कुछ खाने को

भी...मिले तो...ऐसा ही कुछ छुटपुट...

बाबू जाता है। सब लेकर आता है।

मैं : *(खुशी और अचरज से)* इतनी जल्दी सब मिल गया ?

बाबू : घोडके सरकार कह के गए थे। *(मेज पर रखता है।)*

मैं : *(खाते-पीते हुए, बाबू से)* बाबू, या बाबू सरकार—इस घोडके के बारे में तुम क्या जानते हो ? मतलब आप ?

बाबू : वो आप उन्हीं से पूछिए *(जाता है।)*

मैं : *(ऊपर देखता है। बाबू नजर नहीं आता)* बाबू सरकार कन्विनियंटली गायब हो गए।

मैं मेज़ के पास बैठा हुआ। कुछ ही क्षणों में जिस दिशा में बाबू जाता है उसकी विपरीत दिशा से घोडके आता है। अब तक वह मंच पर ही पिछली तरफ पीठ किये खड़ा था।

घोडके : गुडमॉर्निंग सर। सात।

मैं : *(नासमझी से)* क्या सात ?

घोडके : बज गए। बन्दा टाइम से हाजिर है।

मैं : *(घड़ी देखकर)* वाह ! मैं ही तैयार नहीं हुआ।

घोडके : आराम से। सरकार कल रात सो नहीं पाये।

मैं : *(कुबूल करते हुए)* हाँ।

घोडके : बिस्तर पर लेटे और नींद उड़ गयी। लग ही रहा था। बाबू सरकार ने सारा इन्तजाम किया ना ? कोई कमी तो नहीं रही ? चलिए—मार्केट चलना है। आज समय पर पहुँचने की बात थी।

मैं : *(उठने का विफल प्रयास करते हुए)* क्या है कि, अभी तक मेरा कुछ भी नहीं हुआ घोडके—सरकार। नींद पूरी न हो तो कुछ करने का दिल ही नहीं करता।

घोडके : बन्दा वक्त पर हाजिर है। सरकार का दिल नहीं तो क्या किया जा सकता है ? तैयार होते ही बाबू सरकार से कहिए, मुझे आवाज दे। आज वक्त से आया था लेकिन सरकार ही तैयार नहीं। कल से जाया करेंगे वक्त पर और क्या ?

मैं : *(दर्शकों से)* घोडके का ताना न समझूँ, ऐसा तो बुद्धू नहीं था मैं, पर उसका जवाब देने की भी ताकत नहीं थी। फिर ख्याल आया कि, अगर आज भी नहीं सो पाया तो ? गोलियाँ खा-खाकर, खुद को ढो-ढोकर मार्केट का काम किया।

मुखौटा ओढ़े मैं और घोडके माइम करते हैं।

मैं : *(रुककर, आगे आकर, मुखौटा उतारकर दर्शकों से)* मार्केट का काम खत्म होते ही घोडके सरकार ने कहा, फलाँ जगह पर पॅटीस बड़ी मस्त मिलती हैं। सो—हम लोगों ने वहाँ घूमकर पॅटीस पर हाथ साफ किया।

मैं और घोडके अब जैसे किसी होटल में हों, वैसे बैठे हैं। मैं का मुखौटा गले में।

घोडके : *(तीली दाँत से साफ करते हुए)* सरकार, घोडके कुछ सुझाए तो नाराज तो न होंगे ?

मैं : नाराज ? क्यों ?

घोडके : नहीं—मतलब—घोडके गाँव का गँवार आदमी। सरकार कहेंगे, आया बड़ा उपदेश देनेवाला।

मैं : *(दर्शकों से)* मुझसे तारीफ सुनने के लिए ये आत्मनिन्दा ! *(घोडके से)* क्या कहना चाहते हो ? *(दर्शकों से)* मेरे हाथ के

नीचे एक मामूली गाड़ी हाँकनेवाले से मैं इतने सम्मान के साथ क्यों बात कर रहा हूँ, यही सोचकर मैंने ये इकलौती कोशिश की। लेकिन घोडके के व्यक्तित्व में एक सरकार छिपके बैठा हो शायद–मैंने फिर से वैसा प्रयास नहीं किया।

घोडके : क्या है ना कि घर से दूर आकर आदमी अकेला महसूस करता है।

मैं के कान खड़े हो गए।

घोडके : पहले के सरकार का भी यही अनुभव था। दिन तो जैसे-तैसे काम में कट जाता है पर रातें खतरनाक होती हैं। उस पर गर्मी, खटमल–नींद नहीं आती। दिल चाहता है कोई करीब हो–कम्पनी।

मैं इस पर चुप।

घोडके : *(थोड़ी देर रुककर)* लगता है सरकार बात समझ रहे हैं...तो ऐसे वक्त पर साथी की जरूरत महसूस होती है।

मैं : कौन साथी ?

घोडके : साथी और कौन ? रात के वक्त घोडके का साथ कौन चाहेगा ? साथी वैसा ही होना चाहिए, कोई प्यार से सहलाने वाला।

मैं : घोडके...

घोडके : मंजूर न हो तो मना कर दीजिए सरकार। लेकिन घोडके ने दुनिया देखी है। छह सरकार आए और चले गए। घोडके यहीं कम्पनी की सेवा में रहा। आप सातवें। चलता हूँ फिर। सवेरे हाजिर। सात।

घोडके पीछे जाकर पीठ करके फ्रीज हो जाता है।

मैं : *(दर्शकों से)* घोडके दाना डाल गया और उसकी बात मन में घर कर गयी। रात में कोई सुधार नहीं था। आज दारू न पीने की कसम खा ली थी। उसके बजाय, दिया बुझाने से पहले, बिस्तर से जितने खटमल चुन सका, उन्हें मारने का प्रोग्राम चला। विज्ञापन के जरिये, कॉइल के बजाय, मच्छरों का सफाया करने का दावा करनेवाली एक तेज बत्ती लाकर जलाई। अपने मामूली तान्त्रिक ज्ञान का उपयोग कर पंखे का पुराना रेग्युलेटर दुरुस्त करनें का प्रयास किया, जो नाकाम रहा, फिर भी हारा नहीं। दिल ने ठान ली थी—फेस दि प्रॉब्लेम। नींद नहीं आती तो जागते रहो। अकेलापन खाने को दौड़ता है, तो दौड़ने दो। दिल में जैसे खयाल आते हैं, आने दो। पाप तो प्रत्यक्ष करने में होता है। यहाँ तो सिर्फ खयाली पुलाव पक रहे हैं। फेस दि प्रॉब्लेम। कमरे का दिया फिर से जलाया। *(चक्कर लगाने लगता है।)* तय कर लिया था कि घड़ी नहीं देखूँगा, रात के कोई ग्यारह बजे होंगे और...

घोडके जो पीठ किये खड़ा है, मैं के सामने आता है। काल्पनिक दरवाजा खटखटाता है। मैं दरवाजा खोलता है। सामने घोडके नजर आता है। वातावरण शान्त।

घोडके : *(मैं की हालत भाँपते हुए)* यहीं से गुजर रहा था। बडगिरे गल्ली का रामण्णा, पता चला उसके साढू को पुलिस पकड़कर ले गयी, इसीलिए वहाँ गया था। वापसी के वक्त लाइट देखी तो सोचा देखूँ। कुछ चाहिए न हो ? सरकार को जगाया तो नहीं न ?

मैं : सोऊँगा तब ना जगाओगे।

घोडके : कुछ चाहिए ?

मैं गर्दन हिलाकर इनकार करता है पर उसमें कोई जोर नहीं है। चेहरे पर ऐसे भाव जैसे कुछ चाहिए।

घोडके : तो फिर मैं चलूँ ? सवेरे ठीक सात बजे हाजिर हो जाऊँगा।

मैं : हाँ।

घोडके जाने के लिए मुड़ता है।

मैं : घोडके...

घोडके : *(घूमते हुए)* सरकार।

मैं : कुछ नहीं। चलिए आप।

घोडके : कुछ चाहिए हो तो बता दीजिए। घोडके के जाने के बाद दिल ने चाहा तो क्या फायदा ? अभी पता चल जाए तो इन्तजाम हो जाएगा।

मैं : *(हिचकिचाते हुए)* कल आपने कहा था...

घोडके : कल ? क्या कहा था ?

मैं : कल रात को। जाते वक्त।

घोडके : जाते वक्त ? क्या कहा था ? घोडके के दिमाग में हजार चीजें। पर वक्त पर ही याद नहीं आएगा। सरकार को याद हो तो बता दीजिए।

मैं : मैंने बताया था अकेलापन खाने को दौड़ता है, तो उस पर आपने कहा था...

घोडके : क्या ? शादी कर लीजिए ?

मैं : नहीं।

घोडके : नहीं ? तो फिर क्या कहा होगा ?

मैं : घोडके जान-बूझकर अनजान बनने का नाटक कर रहे हैं !

घोडके : सरकार, कहा होगा तो यही कहा होगा कि सरकार की शादी

की उम्र हुई है, कोई अच्छे घर की लड़की देखकर...

मैं : नहीं। आपने कहा था कि...कि...साथ चाहिए। प्यार से सहलाना...

घोडके : वोही—शादी से सब मिल जाता है।

मैं : *(अब हिचकिचाहट खत्म हो जाती है)* घोडके शादी क्या आज रात-भर में ही हो जाएगी ? सवाल अभी का है...आज रात का।

घोडके : *(अचरज से)* ऐसी ही जल्दी है तो फिर चलिए सरकार, जगह दिखाता हूँ।

मैं : कैसी जगह ?

घोडके : और कैसी ? धन्धेवाली—इधर भी है। पर आगे की जिम्मेदारी घोडके की नहीं होगी—पहले ही बताए देता हूँ। बाजार की चीज आखिर बाजार की चीज। उसकी गारंटी घोडके नहीं लेगा।

मैं : *(कुछ देर चुप्पी)* ठीक है। मैं रुकता हूँ—पर कल तक कुछ कीजिए।

घोडके पीछे जाता है। पीठ दिखाकर फ्रीज हो जाता है।

पिछली स्क्रीन पर सुबह। मैं उठा और कल रात का जगा हुआ बासी ही मार्केट जाने के लिए तैयार हो गया। घोडके माल से लदी हाथगाड़ी अन्दर से लेकर आता है। उसे देखकर मैं का चेहरा खिल उठता है।

मैं : गुडमॉर्निंग घोडके।

घोडके : गोडाउन से सीधे माल भरकर ही ले आया। सोचा सरकार को एक तो नींद नहीं आयी, ऊपर से गोडाउन का चक्कर क्यों करवाएँ ? चलें मार्केट ? *(राह देखकर)* सरकार तैयार हो लें—मैं नीचे खड़ा हूँ। दामू सरफिरे का बैल तीन दिन से लापता है।

बेचारा परेशान है। नीचे खड़ा है।

पीछे जाकर पीठ दिखाकर फ्रीज हो जाता है।

मैं : *(दर्शकों से)* घोडके ने रात की बात का जिक्र भी नहीं किया। मैंने भी नहीं किया। मुझमें भी आत्मसम्मान है।

पीछे से घोडके घूमकर आता है।

बैकग्राउंड संगीत की ताल पर हाथगाड़ी लेकर घोडके आगे और मैं पीछे—ऐसे मार्केट का राउंड करते हैं। मैं ने मुखौटा चढ़ाया हुआ। दुकानदारों से बातें करने का—बहस करने का माइम करता है। इस दौरान घोडके का बीड़ी पीने का, किसी से बातचीत करने का और फिर मैं के साथ जुड़ जाने का माइम।

मैं : *(दर्शकों से)* ठीक-ठाक होने का दिखावा कर रहा था—पर दम नहीं था। जब भी मौका मिलता घोडके पर चिड़चिड़ा उठता। मार्केट में एक-दो दुकानदारों ने पूछा भी, क्यों साहब, जी ठीक नहीं है ? इस नौकरी में, ऐसे फालतू गाँव में कितने दिन टिक पाऊँगा ?

लेकिन ये नौकरी छोड़ दी तो मुझ बी.एस-सी. थर्ड क्लास को इससे बेहतर नौकरी देगा कौन ? नौकरी छोड़कर घर जाने का मतलब है मेरी तुच्छता का बखान करने के लिए अण्णा के चुन-चुनकर मारे जानेवाले ताने—आयी की आहें—घर आने-जानेवालों की जिज्ञासाएँ—क्या करता है ? घर पर ही रहता है ? इससे तो मौत बेहतर है।

फटाफट शादी करके अमेरिका, नहीं तो कैनेडा गयी हुईं और फिर देखते-देखते बड़ा-सा पेट हिलाते हुए मायके आईं लड़कियाँ जबर्दस्ती अपने बच्चों से मेरी पहचान कराएँगी—ये तेले मामा।

मन निराशा से भर गया। दिन जैसे-तैसे काम में बीता। शाम हो गयी।

घोडके मुझे आधे रास्ते में छोड़कर कहीं गायब हो गया। मार्केट में केमिस्ट से नींद की गोलियाँ खरीदीं। सात्विक फलाहार के नाम पर ठेले से खरीदे हुए हरे केलों का भक्षण करूँगा, फिर कम्पोज लेकर लेट जाऊँगा। मन में सात्विक विचार आएँ इसीलिए आँखें मूँदकर अखंड रामनाम का जाप करूँगा। तकिए के सामनेवाली दीवार पर सरस्वती का मुकुट पहनी दीपा उमरालकर को दीवार से उतारकर कमरे के बाहर कर दूँगा। इतनी तैयारी के बाद नींद क्या नींद का बाप भी आएगा। अँधेरा हुआ। ठंडे पानी से नहाकर फलाहार करने की तैयारी में ही था कि दरवाजे पर दस्तक हुई।

पीछे फ्रीज खड़ा घोडके काल्पनिक दरवाजे के बाहर आता है। मैं दरवाजा खोलता है।

घोडके : *(अन्दर आते हुए)* सरकार, चलिए।

मैं : *(निरुत्साह में)* मैं बहोत थका हूँ, घोडके...

घोडके : अब अनमन नहीं। घोडके ने इन्तजाम कर दिया है।

मैं : कैसा इन्तजाम ? *(एकदम खिलकर)* किया ?

घोडके : हाँ। तैयार हो जाइए। दाढ़ी-वाढ़ी करके अच्छे कपड़े पहन लीजिए। सरकार के तैयार होने तक मैं दावणगिरकी साली मिली या नहीं, देखकर आता हूँ। दो दिन हुए—घर से भाग गयी थी।

घोडके पीछे जाकर पीठ करके फ्रीज होता है।

मैं : *(दाढ़ी बनाने, कपड़े पहनने का माइम करते हुए दर्शकों से)* मन उत्सुकता से भरपूर। घोडके अण्णा ने कैसा इन्तजाम किया

होगा ? कौन-सी औरत मेरे लिए तैयार होकर मेरी राह देख रही होगी ? जवान होगी या...? बेशक जवान ही होगी। लेकिन खूबसूरत ? वो नहीं कहा जा सकता। इस गाँव में तो अभी तक एक भी खूबसूरत औरत नजर नहीं आयी। लेकिन ऐसा थोड़े ही है कि खूबसूरत औरत ही आकर्षक होती है।

गीताबाली कहाँ की खूबसूरत थी ? औरत में जो बात होती है वो उसके आँख, नाक या बदन में नहीं होती...कहीं और ही होती है। वैसी कोई मिल गयी तो चलेगा। थोड़ी-बहोत खूबसूरत भी हुई तो और क्या चाहिए। यही कल्पना करते हुए तैयार हुआ और घोडके लौटा।

घोडके : *(सामने आकर)* सरकार।

मैं : कहाँ चलना है ?

घोडके : जहाँ घोडके ले चले।

मैं : और ?

घोडके : और क्या ? घोडके आपको पहुँचा देगा।

मैं : आगे ?

घोडके : सरकार, घोड़े को पानी दिखाने के बाद आगे की जिम्मेदारी घोड़े की।

मैं : ऐसी कौन-सी जगह है वो ?

घोडके : देख लीजिए, नहीं जमे तो बोल दीजिए। घोडके का सारा काम पक्का रहता है।

मैं : *(थोड़ा हिचकिचाकर)* पैसे ?

घोडके : यही सोच रहा था, अभी तक पूछा कैसे नहीं सरकार ने ? हर चीज पैसे से नहीं मिलती।

मैं : यानी ?

घोडके : पैसे का झंझट ही नहीं। उलटे पैसा आपको मिलेगा।

मैं : *(हड़बड़ाकर)* मुझे मिलेगा ?

घोडके : हाथ कंगन को आरसी क्या ! चलिए निकलिए। देर हो रही है।

ढोलकी की तेज ताल और पार्श्व संगीत की लय पर दोनों गोल-गोल घूमते हैं। पिछले स्क्रीन पर पार्वती निवास, साईविलास, पांडुरंग सदन, गौरव्वा मैंशन, श्रमसाफल्य, समाधान आदि लिखी हुई तख्तियाँ और नये-पुराने घर और अच्छे-बुरे बँगलों का कोलाज। पार्श्वसंगीत और दोनों का गोल-गोल घूमना अचानक रुक जाता है।

मैं : *(देखते हुए)* घोडके, ये तो वैसा मोहल्ला लगता नहीं।

घोडके : सरकार ये खानदानी बस्ती है।

मैं : और यहाँ... ?

घोडके : जगह आपके लिए ही है।

उसी पार्श्व संगीत पर दोनों फिर से गोल-गोल घूमते हैं। पिछली स्क्रीन का कोलाज भी गोल-गोल घूमता है। पार्श्व संगीत बीच में ही रुकता है।

घोडके : *(मैं को रोककर)* जाइए। वो वाला बंगला। पेड़ों की ओट में जो है—पथरीला कंपाउंड नजर आ रहा है ना ? अब यहाँ से आगे आप अकेले जाएँगे।

मैं : *(हड़बड़ाकर अनजाने में घोडके को पकड़ते हुए)* अकेले ?

पिछली स्क्रीन पर रवि वर्मा का शोकग्रस्त शकुंतला का चित्र।

घोडके : सरकार, कुछ जगहों पर अकेले ही जाना होता है।

मैं : लेकिन आपने मुझे आगे का कुछ भी नहीं बताया।

घोडके : पहुँच जाइए—अपने-आप समझ जाएँगे।

मैं : लेकिन थोड़ी जानकारी तो मिले—

घोडके : मुख्य दरवाजे की कुंडी बन्द होगी—उसे दस-पाँच बार बजाइए। अन्दर कुत्तों का शोर शुरू हो जाएगा। उसके रुकते ही लगेगा जैसे कोई नहीं आ रहा है, लेकिन आएगा, रुकिएगा। जो दरवाजा खोलेगा उसे घोडके का नाम बताने का। घोडके मास्साब। घोडके मास्साब ने भेजा है बोलेंगे तो अन्दर बुलाएँगे।

मैं : किसलिए भेजा है, पूछें तो ?

घोडके : समझ लीजिए गलत जगह पहुँच गए हैं। मैं जो बंगला दिखा रहा हूँ वहाँ कोई ऐसा सवाल नहीं करेगा। अन्दर बुलाएँ तो घुस जाइए। डरना नहीं। कुत्ते बँधे हुए होते हैं। आगे आपके नसीब और होशियारी पर निर्भर है। अब ज्यादा देर मत कीजिए। बढ़िये आगे।

मैं : और आप...

घोडके : कल सवेरे ठीक सात बजे—लॉज पर हाजिर।

मैं : यानी आप जा रहे हैं ?

घोडके : पता चला है बंशी मारवाड़ी की दुकान में रात डाका पड़ गया है—दिन-भर जा नहीं पाया। अभी पूछताछ करने निकला हूँ। पर सारा इन्तजाम पक्का है। अब वक्त मत गँवाइए। और एक बात। कुछ कहें तो मना मत कीजिए। जवाब हाँ होना चाहिए। नहीं तो गड़बड़ हो जाएगी। घोडके पर भरोसा रखिए और हाँ कह डालिए। *(मैं चलता है, उसे रोककर)* सरकार और एक

बात। कुत्ता दिखे–घर में–तो तारीफ कीजिएगा। दुत्कारिएगा नहीं। प्यार कीजिएगा। भूँके–तो कहिए वाहवा, चाटने लगे तो गाल आगे कर दीजिए। उस घर के कुत्ते काटते नहीं। चलता हूँ मैं।

मैं घूमकर पीछे जाता है और पीठ दिखाकर फ्रीज हो जाता है।

घोडके : *(दर्शकों से)* दूसरे दिन की सुबह। वक्त आठ का– *(मैं के पास जाता है।)* गुडमार्निंग सरकार।

मैं की तरफ से कोई प्रतिक्रिया नहीं।

घोडके : सरकार।

मैं की प्रतिक्रिया नहीं।

घोडके : मैं घोडके सरकार बोल रहा हूँ।

प्रतिक्रिया नहीं।

घोडके : लगता है कल रात को भी नींद नहीं आयी। क्या गड़बड़ हुई ?

मैं : *(घूमकर भड़क उठता है)* शर्म आनी चाहिए आपको घोडके।

घोडके : मुझे, सरकार... ?

मैं : हाँ, हाँ, आपको।

घोडके : वो किसलिए सरकार... ?

मैं : किसलिए ? कल रात क्या मेरा तमाशा बनाने की योजना थी आपकी ?

घोडके : आपका तमाशा... ?

मैं : उस घर में आपने मुझे किसलिए भेजा था ?

घोडके : क्यों ? क्या हुआ वहाँ ?

मैं : होना क्या था ? उन्होंने मुझे ट्यूशन देने के लिए आया हुआ मास्टर समझ लिया। ट्यूशन का रेट पूछ रहे थे।

घोडके : तो फिर आपने... ?

मैं : आपने मुझे वहाँ ट्यूशन देने के लिए भेजा था ?

घोडके : लेकिन आपने क्या कहा, पहले ये बताइए।

मैं : मैं हड़बड़ाया। सामने आया हुआ आदमी शायद बँगले का दीवानजी था। झुकी हुई बड़ी-बड़ी मूँछें, सर पर पगड़ी। दूसरा कोई नजर नहीं आ रहा था। उन्होंने ही ये सवाल पूछा और कुत्ते ! आपके कहने पर एक कुत्ते के लिए तैयार था, वहाँ तो सात-सात कुत्ते एकसाथ भौंक पड़े। सात स्ट्रे डॉग्ज–वहशी, जंगली, खा-पीकर मस्त, काले-कलूटे–उनमें एक लँगड़ा भी। सात राक्षस लग रहे थे–राक्षस। सम्भव होता तो उसी वक्त भाग खड़ा होता लेकिन सामने वे खड़े थे–रास्ता रोककर–वे दीवानजीनुमा जो भी थे, उन्होंने ही सवाल पूछा।

घोडके : जवाब क्या दिया ?

मैं : ट्यूशन के लिए नहीं आया कहनेवाला था, फिर आपकी बात याद आयी। ना कहने की मनाही।

घोडके : तो हाँ ही कहा ?

मैं : हाँ।

घोडके : ताली *(आगे किया हुआ हाथ अपने कनिष्ठ पद का ध्यान आते ही पीछे खींचते हुए)* तो फिर रेट मंजूर ? सब तय हो गया ?

मैं : ट्यूशन का ? मैं क्या ट्यूशन से पेट पालनेवाला मास्टर हूँ ?

घोडके : नहीं।

मैं : लेकिन आपको जबान दी थी। कहा, आप जो तय करें, तो उन्होंने कहा, ठीक है। कल से आ जाइए।

घोडके : तब तो बेहतर।

मैं : बेहतर, क्या बेहतर ? आपने मुझे वहाँ भेजा किसलिए था ? ऐसा भी लगा कि कहीं मैं गलत बँगले में तो नहीं पहुँच गया। वापस लौटने का रास्ता ही नहीं था। पीछे वो सात कुत्ते और सामने वो बड़ी-बड़ी मूँछोंवाले दीवानजीनुमा। दूसरा कोई नजर ही नहीं आ रहा था। उन्होंने कहा, कल से आने लगो। आता हूँ, कहकर जैसे-तैसे बाहर निकला। *(और गुस्सा आता है)* घोडके, मुझे नहीं मालूम था कि आप मुझ पर ऐसा घटिया जोक करेंगे। क्या इसीलिए मैंने आपके सामने दिल खोलकर रखा था ? इसीलिए अपनी निजी से निजी तकलीफ आपको बताई थी ? इसीलिए ? *(पार्श्व भाग में बिगुल बजने लगता है। बातों में निश्चय)* सर्वदमन बाबाजी एवं जो भी कोई होंगे सो घोडके, अभी से कम्पनी के काम से आपको हटाया जाता है। यू आर डिसमिस्ड फ्रॉम दिस वेरी मोमेंट। यू कैन गो।

घोडके : *(इस सदमे से बाहर निकलने के लिए कुछ वक्त लेकर)* सरकार।

मैं फिर से पीठ घुमाकर फ्रीज हो जाता है।

घोडके : *(सामने, दर्शकों की तरफ देखते हुए)* कम्पंनी का नमक खाया। सात सरकार आए-गए। सबकी सेवा की लेकिन ऐसा वक्त कभी नहीं आया।

मैं : *(बिना घूमे)* किसके कारण आया ?

घोडके : मेरे कारण। पर सरकार, आपको क्या लगा था वहाँ कौन मिलेगा ?

मैं : सात कुत्ते और एक भयानक बूढ़ा, झुकी हुई मूँछों का मालिक। सवाल वो नहीं है। सवाल ये है कि क्या मैं वहाँ ट्यूशन पढ़ाने गया था ?

घोडके : किसकी, ये सरकार ने पूछा न होगा।

मैं : हो किसी की भी...पर किसकी थी ?

घोडके : वो घोडके कैसे बताएगा ? घोडके कम्पनी की नौकरी में नहीं—सरकार के ऑर्डर से।

मैं : फिर भी...

घोडके : ट्यूशन किसकी, ये पूछे बगैर ही आपने हाँ कहा और चल दिए ?

मैं : गलती हो गयी। मैं अपसेट था। इतनी तैयारी कराके आपने भेजा और वहाँ मुझसे पूछा जाता है तो ट्यूशन। घोडके, किसकी ट्यूशन ?

घोडके : वो ही मैं पूछ रहा था तो मुझे आपने डिसमिस कर दिया।

मैं : किसी की भी हो, मैं मास्टर नहीं हूँ। ट्यूशनवाला मास्टर तो बिलकुल नहीं। मैं सेल्समैन हूँ। एक बड़ी कम्पनी में अप्रेंटिस का पद ही क्यों न हो, पर मेरे पास जॉब है। जल्द ही मैं परमानेंट हो जाऊँगा और फिर ऑफिसर बनूँगा। रीजनल मैनेजर भी हो जाऊँगा और आप मुझे मास्टरी करने के लिए भेज रहे थे ? मास्टरी ? *(फिर से एक बार गुस्से में आकर)* मुझे उल्लू बनाने का प्लान था आपका। शहर का हूँ इसीलिए ? अब गाँव-भर में बतियाते फिरिये कि कैसे एक सफेदपोश आदमी को उल्लू बनाया। घोडके, आप कम्पनी के काम में नहीं, माने नहीं। यू आर आउट। जाइए, फिर कभी मुझे अपना चेहरा मत दिखाइए।

मैं जहाँ था वहीं पर घूमकर फ्रीज हो जाता है। घोडके गर्दन नीची करके दर्शकों की तरफ मुँह किये खड़ा है। दुःख भरा पार्श्व संगीत बजने लगता है।

मैं : *(थोड़ी देर बाद, पीठ किये हुए ही)* ट्यूशन किसकी ? घोडके मैं आपसे पूछ रहा हूँ।

घोडके : घोडके कम्पनी की नौकरी में नहीं है अब। *(गर्दन नीची करके जाने लगता है।)*

मैं : घोडके आप काम पर हैं।

घोडके : नहीं, मुझे कम्पनी ने निकाल दिया है।

मैं : घोडके ज्यादा खींचिए मत। मेरा दिमाग घूम गया था, इसीलिए मैंने ऐसा कहा। हो जाता है। *(घोडके चुप रहता है)* अब सवाल ये उठता है कि आगे क्या करना है ?

घोडके : वो तय करनेवाला घोडके कौन होता है ?

मैं : सीधी बात कीजिए। टेढ़े में जाने की जरूरत नहीं। मुझे आज शाम को क्या करना चाहिए ? ट्यूशन को जाना चाहिए ?

घोडके : घोडके हलकट। उसकी राय मत पूछिए।

मैं : घोडके–

घोडके : फिर भी सरकार पूछ रहे हैं, इसलिए बताता हूँ। जाकर देखना चाहिए। किसकी ट्यूशन, ये तो पता चलेगा। तुकाराम ने कहा है, अनुभव से बढ़कर गुरु नहीं।

मैं : अनुभव भारी पड़ा तो ?

घोडके : अनुभव की दुकान पर तख्ती होती है, एक बार बेचा हुआ माल वापस नहीं लिया जाता।

मैं : ठीक है। मैं आज शाम को जाता हूँ। दिल नहीं माना तो मना कर दूँगा।

घोडके : कर दीजिए ना। यहाँ कौन किसी पर जबर्दस्ती कर रहा है ? और सरकार, एक बात गाँठ बाँध लीजिए, उन सात कुत्तों का अपमान मत कीजिएगा। ये जरा अलग ही किस्सा है। समझ जाएँगे, धीरे-धीरे।

मैं पीछे जाकर पीठ दिखाकर फ्रीज हो जाता है। घोडके दर्शकों के सामने ही रहता है। पिछली स्क्रीन पर पेड़ों में छिपा हुआ पथरीले कंपाउंडवाला पुराना बँगला दिखने लगा है।

घोडके : *(दर्शकों से)* रात को लॉज के नीचे से गुजर रहा था। रास्ते से बसाले सरकार के कमरे में लाइट देखी। देर हो गयी थी फिर भी सोचा, पूछताछ कर ही लेता हूँ। यानी कल मैं कम्पनी की नौकरी में हूँ या नहीं, ये भी पता चल जाएगा।

रंगमंच के दूसरे कोने में पचास के करीब पहुँची हुई, सफेद नौवारी साड़ी पहने हुए एक औरत रंगमंच पर नजर आती है। उम्र से और नौवारी से उसकी शख्सियत में एक जानलेवा खूबसूरती आ गयी है।

औरत : *(दर्शकों को न दिखनेवाले कुत्तों से)* नेताजी, अब बहोत हो चुका। लक्ष्मण, पहले भौंकना बन्द करो। ये क्या हो रहा है धनाजी ? हाँ हाँ बाबा–लेती हूँ तुझे गोद में–पर ये पप्पी देना बन्द कर। बन्द कर कहा ना ? मंजू बेटा, चलो अन्दर–अन्दर चलो। अँधेरा हो गया।

न दिखनेवाले कुत्तों के साथ खेलते हुए, उनमें से किसी को दूर करते हुए तो किसी को पुचकारते हुए अन्दर जाती है। लाइट बुझ जाती है।

मैं : *(पीठ दिखाते हुए जहाँ फ्रीज खड़ा है वहाँ से घोडके की दिशा में आते हुए। दोनों के बीच का काल्पनिक दरवाजा खोलते हुए)* आइए घोडके।

घोडके : *(काल्पनिक दरवाजे से अन्दर आते हुए। चेहरे पर हमेशा वाली नशीली मुस्कान)* यहाँ से गुजर रहा था...

मैं : लाइट देखी, सोचा हाल पूछ लूँ इसीलिए ऊपर आ गया। बराबर ?

घोडके : सरकार ने दिल की बात कह डाली। कैसे क्या...ट्यूशन ? क्या सिखाया आज ?

मैं : घोडके, ये किस्सा जैसा लगता था उससे अलग ही है।

घोडके : है ही।

मैं : सीधा-सादा नहीं, उलझा हुआ है।

घोडके : उलझा हुआ तो है ही, पक्का, पर ट्यूशन कैसी रही ?

मैं : वो घर बहोत अच्छा है घोडके। खानदान भी ऐसा-वैसा नहीं है, बहोत बड़ा है। पहले के सरदार...

घोडके : रहने दीजिए। पर ट्यूशन...

मैं : औरत के पतिदेव...इस इलाके की बहोत बड़ी असामी थे, जानते हैं ?

घोडके : हाँ, पर...

मैं : बहोत ही दानवीर और उम्दा आदमी था वो। पर क्या करें ? वक्त के पहले ही गुजर गया। औरत पर तो जैसे दुःख का पहाड़ ही टूट पड़ा। इकलौती लड़की। वो भी मेंटली रिटार्टेड–हाफ। औरत में विरक्ति आ गयी। अध्यात्म में ही लीन रहती हैं वो। घर का कामकाज दीवानजी देखते हैं। कैसा तेज

और...ये है...उनके चेहरे पर। आपको तो पता ही होगा।

घोडके : है ना। इसीलिए तो ट्यूशन...

मैं : कलेजे का दुःख छिपाए नेकी से जी रही है वो—पहले तो देखकर पता ही नहीं चलता। वॉट अ करेज ! ऊपर से एक हाफमैड लड़की। उसका आगे कुछ नहीं हो सकता। उल्टा हमेशा की जिम्मेदारी।

घोडके : लेकिन ट्यूशन...

मैं : मैं तो दंग रह गया। वॉट अ वूमन। सोचा ही नहीं था कि ऐसा कुछ देखने को मिलेगा। हँसिए मत। घोडके, मैं बहोत सीरियसली कह रहा हूँ।

घोडके : नहीं सरकार, हँस नहीं रहा हूँ। वो आज कुछ ज्यादा ही चढ़ा ली, इसीलिए हँसी आ रही है। पर घोडके भी संजीदा है। तो ट्यूशन...

मैं : औरत के एकबार पूछने पर...मना करना सम्भव नहीं था। लड़की क्या पढ़ेगी, ये कहना मुश्किल था। हर वक्त हँसती रहती है, पागल। लार भी टपकती रहती है होंठों से। पर वो किस प्यार से उसे पोंछती है, आपको देखना चाहिए। औरत की इच्छा है कि वो कम-से-कम पढ़ना-लिखना तो सीख ले। लेकिन कुल मिलाकर किस्सा थोड़ा मुश्किल ही लगा। और औरत की अड़चन ये है कि सिखानेवाला आदमी विश्वासपात्र होना चाहिए। लड़की जवान है और ऐसी...हाफ। कोई भी फायदा उठा सकता है। कहने लगीं, मना मत कीजिए। अब इतनी... वो...मान गया।

घोडके : अच्छा हुआ सरकार। यानी आज बातचीत हुई। कल से ट्यूशन शुरू।

मैं : हाँ, शुरू।

घोडके : एक दिन छोड़कर या रोज़... ?

मैं : रोज़। बीच में एक दिन की गैप लेने से लड़की भूल जाएगी, नहीं ? रोज की प्रैक्टिस चाहिए। आप हँस क्यों रहे हैं घोडके ?

घोडके : कहाँ सरकार ? ऐसा लग रहा है। वो ज्यादा चढ़ा ली है ना...तो सरकार औरत आपको पसन्द आ गयी।

मैं : क्या ? क्या कहा आपने ? घोडके ठीक शब्द इस्तेमाल कीजिए। वो औरत बहौत बड़ी हैं।

घोडके : ज्यादा से ज्यादा चालीस के आसपास की।

मैं : मेरा मतलब है...दिल से—ओहदे से बड़ी है। भले चालीस की हो पर लगती नहीं। उसके व्यक्तित्व में अब वैराग और पवित्रता की आभा भी मिल गयी है। देखनेवाले की नजर झुक ही जाती है। घोडके औरतें बहोत देखीं, लेकिन ऐसी नहीं। ये औरत नहीं, देवी लगती है।

घोडके : हँस नहीं रहा हूँ सरकार, घोडके संजीदा है। और उन कुत्तों का क्या ?

मैं : इतनी बड़ी संख्या में स्ट्रे डॉग्ज और वो भी काले-कलूटे इस घर में क्या कर रहे हैं, ये सवाल बार-बार मन में उठ ही रहा था, कि उन्होंने ही जवाब दे दिया। कह रही थीं, पति की पिछली पुण्यतिथि की अगली रात को, उनके सपने में पतिदेव आए और कहा कि मैंने पुनर्जन्म लिया है। मैं इस जन्म में कुत्ते के रूप में आया हूँ। औरत ने पूछा, पहचान कैसे करूँ ? तो पतिदेव ने नये जन्म के रूप का दर्शन कराया। वो जंगली और काला था। औरत को ये भी सन्देह है कि वो एक पैर से अधूरे थे और हाऊ-हाऊ भूँक रहे थे। तब से घोडके, इस तरह का

कुत्ता जहाँ कहीं नजर आ जाए, ये उसे घर ले आती हैं और पालती हैं। वंडरफुल ! किसी उपन्यास की तरह। कहते वक्त औरत की आँखों में आँसू तैर रहे थे। इतना पतिप्रेम, इतनी चाह, ये है सही माने में जनम-जनमान्तर का साथ। घोडके, ऐसा पति भी निराला और पत्नी भी निराली।

घोडके : होता है ऐसा भी। दुनिया में क्या चमत्कार देखने को मिल ज़ाए, कहा नहीं जा सकता, सरकार। तुकाराम ने ही कहा है...

मैं : *(राह देखकर)* क्या ?

घोडके : क्या नहीं कहा, ये पूछिए। थोड़ी ज्यादा चढ़ा ली है, इसीलिए याद नहीं आ रहा।

मैं : घोडके, अच्छा किया आपने जो मुझे वहाँ भेज दिया। वरना ऐसी शख्सियत से कहाँ मिल पाता ?

घोडके : सरकार की तबियत खुश तो घोडके खुश। घोडके खामखाँ फालतू जगह दिखा ही नहीं सकता। चलता हूँ सरकार, आते-आते पांडू झवर मिला, उसने खबर दी कि बसप्पा वडार का बाप मर गया, लोग कम पड़ रहे हैं।

मैं घूमकर फ्रीज हो जाता है। घोडके झुकते-झुकते अन्दर जाकर फ्रेश होकर हाथगाड़ी ले आता है।

घोडके : *(दर्शकों से)* इसके बाद, तय कार्यक्रम के अनुसार सरकार ट्यूशन के लिए बँगले पर जाने लगे। वहाँ जाने के बाद से सरकार की मार्केट में एक नया जोश आया। कम्पनी का नियम दिन में दस दुकानों का तो सरकार बारह-तेरह दुकानें निपटाने लगे। दुकानदार पीछे से पूछते, तेरा वो यमराज कहाँ है ? दुकानदारों की तो छोड़िए, घोडके की ही जान पे बन आयी। औरत की महानता का बखान सुन-सुनकर। आखिर इतनी

खपत कैसे बढ़ गयी, ये देखने के लिए कम्पनी का पारसी साहब यहाँ आ धमका। सोली ताडपत्रीवाला सरकार।

लम्बे दो-तीन रंगोंवाले बालोंवाला और फिलॉसॉफिकल, जिराफ की तरह लम्बा, ढीले सूट में लिपटा ताडपत्रीवाला पाइप फूँकते हुए लम्बे डग भरता आता है। हाथ में कई सफर झेल चुकी सूटकेस। सूटकेस नीचे रखकर, ताडपत्रीवाला मैं के करीब जाकर बैठता है। पीछे स्क्रीन पर अभी कुछ नहीं है।

ताड. : *(कुछ देर जोर-जोर से पाइप फूँककर मैं को सम्बोधित करते हुए)* साला गंगू, तू तो एकदम साला ब्लडी बास्टर्ड निकला। कम्पनी का सूपड़ा साफ करने का प्लान है, लगता है तेरा। बोम्बे में हेड ओफिस साला सस्पिशस हो गया। इतना छोटा सेंटर और इधर का सेल साला एकदम से इतना कैसा बढ़ गया ? महीने में टेन थाउजंड का जंप ? वसूली भी जबरदस्त। फिगर देखकर अपना एम.डी. को चक्कर आ गया। मेरे को फटाफट टेलिग्राम। तुरन्त जाकर चौकस देखकर आ और सिच्युएशन रिपोर्ट कर। इसीलिए मैं आया।

गंगू साला तू ऐसा काम करेगा तो एम.डी. का साला वहाँ हार्टफेल हो जाएगा और आपडा मदरफकर एम.डी. सोनापूर में गया तो—तो डायरेक्टर बोर्ड में शिद्दी खोपड़ी का कौन बचेगा साला ? बोल कौन बचेगा ? बीस बरस में एक सेन्सिबल एम. डी. साला कम्पनी को मिला है और तू साला काम करके उसका सत्यानास करटा है—ये बराबर है क्या ? तू ऐसा मत कर माय लॉड, कमती काम करने को, कमती। टोन डाऊन युअर एफिशियन्सी माय बॉय। कम्पनी को छोड़, तू इम्पोटंट हो जाएगा, डिकरा। यू नो दिस ? इतना जोर मार्केट में लगाएगा तो तेरे पास क्या रहेगा ? थिंक कर—अरी ए घोडकी—

घोडके : *(आगे आकर विनम्रता से)* बड़े सरकार। कुछ ड्रिंक लाऊँ ? व्हिस्की, रम या अपनी कंट्री ?

ताड. : नहीं। आज अपुन ड्रिंक नहीं लेगा। आज साला थर्सडे है ना। गुरुवार—अपना ब्रत रहता है।

घोडके : ब्रत ?

ताड. : ते अपुन के बेग में दत्तगुरु का स्तोत्र होता है, वो साला निकाल के दे ना मेरे को।

घोडके : *(अचरज से)* दत्तगुरु का स्तोत्र ? आजकल आप ब्रत भी करने लगे हैं ?

ताड. : वाइफ ने बोला है तो करने को नहीं माँगटा ? उसको साला डिकरा माँगटा और होताइच नहीं ब्लडी बास्टर्ड। तो वाइफ साली कौन बाबा के पास जाती और बाबा बोलटाय साला हजबंड वाइफ दोनों ब्रत करो और स्तोत्र पढ़ो। वाइफ करती है तो अपुन को भी करना माँगटाय ना ? इतना रिस्पेक्ट तो अपने वाइफ को देनाइच माँगटा कि नइ ? क्या घोडकी ? *(मैं से पूछता है)* क्या गंगू ?

घोडके : *(बैग में से स्तोत्र निकालकर ताडपत्रीवाला को देते हुए)* हाँ सरकार।

ताड. : *(स्तोत्र खोलकर)* तू जा घोडकी। *(जाते हुए घोडके को, स्तोत्र पर से नजर हटाते हुए)* और रात के बारा बजने के बाद आवी जा हाँ। आवते वक्त कंट्री की दो बोतल लाने को भूलना नहीं। साला ब्रत छोड़ने के लिए लगती है ना। और एक काम कर—एक छोकरी बी ले आ आवते वक्त। मेरी रूम बाजू में ही है—उधर छोड़ उसको। वैसा ज्यादा कॉस्टली नई माँगटा पर सेफ हाँ। ब्रत के बाद वो भी लगता है ना।

जहाँ बैठा है उसी जगह पर पीठ करके स्तोत्र पढ़ रहा हो, ऐसे बैठता है। घोडके जाने लगता है।

ताड. : *(घूमकर)* और घोडकी, वो बैग में मेरे वाइफ का सारी पड़ी है वो फेंक ना इधर–फेंक *(घोडके की दी हुई साड़ी ताडपत्रीवाला सर पर ओढ़ लेता है)* स्तोत्र पढ़ते वक्त वाइफ का साड़ी ओढ़ने को बोला साला वो बाबा ने।

साड़ी माथे पर ओढ़कर ताडपत्रीवाला पीठ घुमाकर फ्रीज होकर बैठ जाता है। साउंडट्रैक पर पुरुष की आवाज में स्तोत्र सुनाई देता है, फिर रुक जाता है।

घोडके : *(दर्शकों से)* इन्स्पेक्शन करके ताडपत्रीवाला सरकार बॉम्बे लौट गया और जाते वक्त बसाले सरकार को चार बड़ी बातें सिखा गया।

मैं और ताडपत्रीवाला (सिर की साड़ी समेत) घूमकर दर्शकों के सामने आकर खड़े हो जाते हैं। घोडके ने ताडपत्रीवाला का बैग उठा लिया है।

ताड. : तू मेरी बाट सुन गंगू। लाइफ में सबसे जरूरी क्या है ? साला खाना-पीना और सेक्स। ये है तो सब कुछ है। नहीं तो सब बेकार। लाइफ में साला कुछ भी परपज नहीं चलेगा। अपुन इसके लिए जीने का, इसके लिए मरने का। पैसा भी इसीलिए कमाने का। आय टेल यु डिकरा–वन मस्ट बी सिन्सिअर ओनली व्हेन वन इज ड्रिंकिंग, ईटींग एंड...

मैं जल्दी से ताडपत्रीवाला के मुँह पर हाथ रखता है।

ताड. : बोला नहीं तो भी ये मूलभूत चीज है। वो नहीं तो साला मानव जात नहीं–यानी आक्खा सिविलायझेशन साला खल्लास। दी होल ब्लडी वर्ल्ड साला खतम। क्या समझा ? अपनी पॉवर

साला फालतू चीज में खरच करेगा तो सेक्स में एनर्जी कहाँ से लाएगा ? कम्पनी का काम तबियत से करने का। सेल खाली स्टेडी रख। मेरा, एक्स्पिरियन्स्ड आदमी का एडवाइस मान–साला सेक्स और सर्विस में ही अपना बाल सफेद हुआ नी। कम्पनी का काम तेरे जैसा जान लगाके किया तो साला क्या होता है ? मैनेजर, डायरेक्टर नहीं तो ज्यादा से ज्यादा मैनेजिंग डायरेक्टर। सबका रिपोर्ट साला उनके वाइफ लोग को पुछ तु–पुछ। साला एक से एक फ्लॉप। शौफर कार चलाता है और वाइफ बी चलाता है। ये खाली बैठ के घूमता है–बास। साला तेरा ऐसा नहीं होना माँगटा। क्या ? अरे घोडकी–किधर गया ?

घोडके : *(विनम्रतापूर्वक)* सरकार।

ताड. : इसकी तरफ क्या देखूँ ? आपुन जाता है साला बॉम्बे को वापस। वाइफ को भी साला एक डिकरा होएगा तो जान छुटेगी।

ताडपत्रीवाला बैग और सिर पर लटकती साड़ी के साथ पीछे जाता है और पीठ दिखाकर फ्रीज होता है।

मैं : *(दर्शकों से)* उजबक ! कहता है लाइफ में खाना, पीना और सेक्स ही सबकुछ है। लाइफ की इससे बड़ी-बड़ी बातें इसे क्या मालूम ? जानवर साला।

वही औरत आकर पिछली कुर्सी पर बैठती है, अपने ही एक पोर्ट्रेट जैसी। हाथ में कुछ काम के कागज। अब मैं उनके सामने जाकर हिज मास्टर्स वॉयस के कुत्ते की तरह बैठता है। चेहरा हर्षाया हुआ।

औरत : *(हाथ के कागज पढ़ते हुए)* इतिहास गवाह है कि इसी सहिष्णुता से हिन्दुस्तान ने कई परदेसियों को आश्रय दिया है। जब तक ये परदेसी अपने मत, अपने विचार, हो सके तो अपने

पूज्य भगवान, अपना वर्चस्व हिन्दुस्तानियों पर लादने की कोशिश नहीं करते तब तक हिन्दुस्तानियों के आत्मसम्मान को ठेस पहुँचने का सवाल ही नहीं था। *(इसी में एक तरफ कुत्तों को)* नहीं नहीं मारूँगी, ऐसे मत करो। गलत बात नहीं। नो बिभीषण...नो...नो कह रही हूँ ना ? बिलकुल गालों तक नहीं आने का। *(फिर से हाथ के कागज पढ़ते हुए)* स्वत्व को धक्का पहुँचता है तभी संघर्ष खड़ा होता है। इतिहास पर नजर फेरते हुए जगह-जगह जो खून से *(पन्ना पलटती है)* सने पन्ने हमें नजर आते हैं वो ज्यादातर सहिष्णुता और स्वत्व की सीमारेखा पर ही। *(मैं से)* मास्टर, कैसा बना है ?

मैं : *(एक तरफ गोद में चढ़नेवाले अदृश्य कुत्ते को जबरन बाजू से हटाते हुए)* बहोत अच्छा। जवाब नहीं।

औरत आगे पढ़ रही है। मैं हर्षाया हुआ सुन रहा है।

औरत : *(रुककर आँखें पोंछते हुए)* इन्होंने मुझे जोर देकर पढ़ाया-लिखाया। वे ही चले गए...

मैं : *(दुःखी होकर)* बुरा हुआ।

औरत : *(आवेग के साथ रोते हुए)* उनकी यादें, लेकिन सालों गुजर गए फिर भी ओस की बूँदों की तरह ताजी हैं।

मैं : होंगी ही।

औरत : *(सिसकियाँ भरते हुए)* कभी मन बहोत उदास हो जाता है। सोचती हूँ, वे गए तो मैं क्यों पीछे रह गयी ?

मैं : ऐसे कैसे ! वे भी गए कहाँ हैं ? *(अदृश्य कुत्तों की तरफ देखते हुए)* ये क्या। ये सात हैं ना ? इन्हीं में होंगे कहीं ना कहीं। *(चिपकते हुए कुत्तों को दूर हटाते हुए)* अरे ? मेरा गाल क्यों चाट रहे हो बदमाश ? अं ? दूर हटो, दूर हटो *(औरत से)*

हं...पढ़िये, आगे पढ़िये। बहोत अच्छा पढ़ती हैं आप। ऐसा कुछ पहले सुना ही नहीं था।

दोनों का ये पढ़ना-सुनना माइम के जरिये जारी रहता है। फिर मैं और औरत पीठ दिखाकर उसी जगह पर फ्रीज हो जाते हैं।

घोडके : *(फ्रीज से जीवित होकर)* इस तरह से बसाले सरकार ट्यूशन करने लगे। उनकी शामें लड़की से ज्यादा माँ की संगत में गुजरने लगीं। बिना पिये ही सरकार अब हर वक्त नशे में रहते।

रंगमंच पर ही एक तरफ रखी हुई हाथगाड़ी लेकर रंगमंच पर घूमने लगता है।

औरत के सामने फ्रीज होकर बैठा हुआ मैं खड़ा होकर ट्रांस में सामने आता है और गाड़ी के साथ घूमने लगता है। मुखौटा गले में लटक रहा है। उसके साथ घोडके चल रहा है।

मैं : घोडके, उच्च आनन्द हासिल करना ही जीवन का अन्तिम उद्देश्य है। इस आनन्द को पहचानना ही आत्मा को पहचानना है। *(इसके आगे सिर्फ होंठ हिलते हैं। शब्द औरत के।)*

औरत : *(सिर्फ आवाज़)* विश्व के निर्माता के साथ एकाकार हो जाना है। आत्मा का परमात्मा में विलीन होना है। इस सिद्धि तक ले जानेवाला प्रयोग यानी योग। ये योग इनसान को जीना चाहिए।

घोडके : *(जल्दी से)* टोपी गिर गयी। *(टोपी उठाने के बहाने से आगे का प्रवचन टालता है)* हाँ सरकार। बराबर। सही है। पैर–पैर सँभालिए, खड्डे में गिरेंगे। इधर से चलिए। वहाँ कुत्ता है।

काला नहीं–सफेद।

मैं पीछे जाकर पीठ दिखाकर फ्रीज हो जाता है।

घोडके : *(दर्शकों से)* मार्केट में भी यही। दूसरी बात नहीं। आत्मा, परमात्मा, सिद्धि। दुकानदार तंग आ गए। पीछे से कहने लगे, अपने साहब को सँभाल, वो पागल हो गया है। लॉज पर सरकार से मुलाकात करना मुश्किल हो गया। सरकार का पता वही–बँगले पर–ट्यूशन के लिए।

मैं : *(दुकानदारों से बतियाते हुए)* नो, बाँकेलाल, कपड़े के सींग छाप साबुन को चार बार ज्यादा बेच लिया तो मान करने लगे ? आत्मा साफ रखो। समाज के और अपने वो...अपने वो–उसकी तरफ पहले ध्यान दो। वो सबसे महत्त्वपूर्ण है। स्वत्व और सहिष्णुता। मत थूको मुँह का पान। पहले मेरी बात ठीक से सुनो–

बीच में ही फ्रीज हो जाता है।

घोडके : *(दर्शकों से)* मार्केट में दुकानदार सरकार को देखकर छिपने लगे।

मैं : *(फ्रीज था जीवित होकर लॉज के बाबू नौकर से। बाबू दर्शकों को नजर नहीं आ रहा है)* बाबू सरकार, जिस तरह ये कंट्री बोतल लाये हो, वैसे ही वापस ले जाओ। दारू में क्या रखा है ? सच्चा नशा तो आत्मा की उन्नत अवस्था में है। सन्तों ने उसका बेशुमार स्टॉक अपने लिए छानकर रखा है। निःशुल्क बहुगुणी। बाबू, बाबू सरकार, भक्त कबीर का नाम सुना है ? सन्तों के शिरोमणि। *(बीच में ही)* कौन चिल्लाया ? कुत्ता ? काला तो नहीं है, देख–

फ्रीज होता है।

घोडके : *(दर्शकों से)* लॉज पर मैनेजर से लेकर बाबू सरकार तक सबको लगने लगा कि बसाले सरकार का दिमाग घूम रहा है।

फ्रीज होकर बैठी औरत की तरफ जाकर मैं भक्तिभाव से बैठता है। एक भक्ति-गीत सुनाई देता है। मैं और औरत भक्ति-गीत सुनने में लीन हैं। यानी औरत लीन। मैं बीच में ही औरत की तरफ देखता है और फिर आँखें बन्द कर लेता है। भक्तिगीत फेड होते ही दोनों दर्शकों की तरफ पीठ करके फ्रीज हो जाते हैं।

घोडके : *(दर्शकों से)* अब हर जगह बसाले सरकार को औरत की ही मूरत दिखने लगी।

मैं : *(पीठ किए फ्रीज हुआ मैं घूमकर दाँत भींचते हुए किसी की कनपटी पर एक तमाचा लगाता है)* शटाप ! शरम नहीं आती उस देवी के बारे में ऐसा कहते हुए ? वो क्या सह रही है, कैसे जी रही है, तुम्हें क्या मालूम ? उसके जूते उठाने तक की औकात नहीं है तुम्हारी, समझे ? आइंदा ऐसा कुछ कहा तो जीभ खींचकर हाथ पर रख दूँगा, कहता है—कुत्ते रखे हैं।

घूमकर फ्रीज हो जाता है।

घोडके : *(दर्शकों से)* ये हुआ मार्केट का किस्सा। दुकानवाले तो पुलिस में जानेवाले थे, फिर घोडके ने रोक लिया जैसे-तैसे। घोडके को चिन्ता होने लगी। *(मैं की तरफ जाकर आजिजी से)* घोडके छोटे मुँह बड़ी बात कर रहा है सरकार, पर उस ट्यूशन के चक्कर में जरा...

मैं : *(घूमकर)* घोडके, उस बारे में आपको कुछ कहने की जरूरत नहीं है। आप ही जरा मार्केट में वक्त पर पहुँचने की कोशिश कीजिए। *(घूमकर फिर से फ्रीज हो जाता है।)*

घोडके : *(दर्शकों से)* घोडके कहना चाहता है पर सरकार सुनने के लिए तैयार ही नहीं हैं। घोडके ने सोचा, कहाँ इस ट्यूशन को भेजा !

मैं औरत के पास जाकर बैठा है। औरत अदृश्य कुत्तों को प्यार से परे हटा रही है। मैं उत्तेजित होकर देख रहा है।

औरत गीत-गोविन्द का एक विशेष शृंगारिक संस्कृत श्लोक निर्विकार भाव से पढ़कर उसका अर्थ विस्तार से समझाने लगती है। मैं और उत्तेजित होता है।

औरत : देखा मास्टरजी कितना सुन्दर अर्थ छिपा है इस श्लोक में ? बदन के उदाहरण देकर कवि हमें पारलौकिक सुखों के बारे में बता रहा है। और कविता भी कितनी सरस ! किसी ऊँचे स्तर पर जाने का आनन्द मिलता है। एकेक शब्द से बदन में सुरसुरी दौड़ जाती है। आपको नहीं महसूस होता मेरी तरह ? जरा हटकर बैठिए। मास्टर अब अगला श्लोक सुनिए। *(पढ़ने का माइम करती है।)*

इसके आगे दोनों पढ़ने-सुनने का माइम करते हैं। पढ़नेवाली औरत निर्विकार और मैं उत्तेजित हो रहा है। साउंडट्रैक पर गीत-गोविन्द के श्लोक सुनाई दे रहे हैं। स्क्रीन पर पुरानी गुफाओं से चुनी हुई शृंगारिक मूर्तियों के चित्र एक-एककर दर्शकों के सामने आने लगते हैं। हर चित्र के आगे कोने में हिज मास्टर्स वॉयस के पोज में एक काला कुत्ता बैठा है।

घोडके : *(दर्शकों से)* औरत की ट्यूशन करते वक्त सरकार के मन में जो चल रहा था उसके सूचक हैं ये चित्र, घोडके जैसा अनाड़ी आदमी ये कैसे कह पाता ?

गीत-गोविन्द गायन अचानक बन्द हो जाता है।

औरत : *(कोई अनहोनी या भयानक घटना घटी हो ऐसे चौंककर मैं की तरफ देखती है)* क्या हुआ ?

मैं निस्पन्द।

औरत : मुझे आपका स्पर्श हुआ। गलती से ही हुआ होगा। फिर से ऐसा नहीं होना चाहिए। ये अनीति है। *(पल्लू बदन से लिपटा हुआ)* अब अगला श्लोक पढ़ते हैं। *(श्लोक पढ़ने लगती है।)*

औरत का श्लोक पढ़ने का माइम। साउंडट्रैक पर गीत-गोविन्द के श्लोक फिर से शुरू होते हैं। पिछली स्क्रीन पर शृंगारिक चित्र तेजी से टेढ़े-मेढ़े होने लगते हैं।

औरत और मैं जहाँ बैठे हैं वहाँ की रोशनी गायब हो जाती है। उसी जगह पर नया स्पॉट-लाइट आता है तो मैं अकेला ही बैठा है, उत्तेजित हालत में तड़प रहा है। औरत की जगह खाली। मैं के पास हिज मास्टर्स वॉयस के पोज में बैठे काले कुत्ते का कटआउट। साउंडट्रैक पर गीत-गोविन्द रुका हुआ।

घोडके : *(हाथगाड़ी रंगमंच पर घुमाते हुए दर्शकों से)* ज्यादातर मैं ही मार्केट सँभालने लगा। दुकानदार पूछते, तेरा साहब कहाँ है ? ऊपर से हँसते। हँसनेवालों के दाँत दिखते हैं, वो भी जो सामने होता है उसे। मुझे अलग ही चिन्ता खाए जा रही थी।

तड़पता हुआ मैं गुस्से से कुत्ते का कटआउट विंग में फेंक देता है। जहाँ था वहाँ से कहीं और जाकर बैठता है। औरत मैं के पास आकर बैठती है।

औरत : *(अस्वस्थ फिर भी संयत)* सबका इतना करती हूँ मास्टर—सात के नौ हो गए। वो लंगड़ा सन्ताजी। पिछले महीने आया तब कैसा मरेल था और अब कैसा फूल गया है। लेकिन

कभी-कभी मन निराश हो जाता है। लगता है, इनमें से वो कौन से होंगे ? या इनमें वो हैं ही नहीं ? फिर से सपने में आकर कहते क्यों नहीं कि मैं यहीं हूँ। रोग से जर्जर कहीं सड़क के किनारे तड़प तो नहीं रहे होंगे ना ? सोच-सोचकर मन व्याकुल हो जाता है।

मैं तड़प रहा है।

औरत : रात-रात भर नींद नहीं आती। सेज चुभती है। भर-भर के आता है और...बह जाता है। ऐसा कब तक चलेगा ? कहिए मास्टर। *(आह भरकर)* जाने दीजिए। कल का महाभारत का वाचन आगे बढ़ाते हैं।

पिछली स्क्रीन पर गुफाओं के शृंगारिक शिल्प फिर से आने लगते हैं। एक पर तो औरत का ही चेहरा। साउंडट्रैक पर गीत-गोविन्द सुनाई देने लगता है। उसी में बीच में ही रॉक और रैप संगीत मिल जाता है। कुत्तों का शोर, ताडपत्रीवाले का उपदेश।

औरत उठकर पीछे जाती है। पीठ दिखाकर फ्रीज हो जाती है। परदे पर के चित्र अदृश्य।

घोडके : *(मैं के पास जाकर)* सरकार, ड्रिंक लेंगे ? ले लीजिए।

मैं : नहीं घोडके नहीं। मैं दारू को छुऊँगा भी नहीं।

घोडके : तो फिर चलिए फिल्म देखते हैं।

मैं : फिल्म ? आप ही देखिए।

घोडके : सुना है गाँव में नया कीर्तनिया आया है। चलिए कीर्तन सुनते हैं।

मैं : नो *(तड़प रहा है।)*

घोडके : *(बर्दाश्त के बाहर हो जाता है)* तो फिर जाकर उसे पकड़िए। अपनी जान क्यों जला रहे हैं ?

मैं : *(भड़ककर)* घोडके, शरम कीजिए। गेट आउट। बाहर। एकदम बाहर। यू आर डिसमिस्ड।

घोडके गर्दन नीची करके बाहर यानी दूसरी तरफ जाता है।

घोडके : *(दर्शकों से)* सरकार ने दो महीने में सात बार घोडके को इसी तरह काम से निकाला। सरकार के दिन जैसे-तैसे गुजर रहे थे पर रातें कमरे पर खराब हो रही थीं। सरकार दारू पीना बन्द करके, वो क्या कहते हैं ना उसे—संस्कृति और आत्मा और नैतिकता के डोज पर डोज लिये जा रहे थे। पर जी को चैन नहीं मिल रहा था।

औरत जल्दी-जल्दी से मैं की तरफ आती है। खुश नजर आ रही है।

औरत : मास्टर, मिल गया। आज सवेरे मिल गया। इस बार लेकिन एकदम सही मिल गया। कैसा दिव्य अनुभव ! गाढ़ी नींद में थी। नींद कहीं हलकी टूटी तो गाल पर ऐसे...जैसे मोरपंख हो...वैसे...होंठ छू रहे थे। मेरा जाना हुआ स्पर्श...उनको दाढ़ी थी ना...छत्रपति की तरह...अंग-अंग ऐसे खिल रहा था...कितने सालों बाद वो स्पर्श। फिर ऐसा यहाँ—*(छाती की तरफ इशारा)* यहाँ हाथ रखा। कौन जाने—आँख खोलने से स्वर्गसुख खत्म होने का डर था—इसीलिए आँखें मूँदे सुख से आहें भरती रही। लग रहा था जैसे खत्म ही न हो। और...और...अन्दर-बाहर सुख से लबालब थी मैं...कहीं ये सपना तो नहीं ? *(मैं को पकड़े हुए हाँफ रही है)* और थोड़ी देर में उस समाधि से जैसे-तैसे जागकर देखा तो पता कौन था ?

मैं : *(आँखें मूँदे हाँफ रहा है)* कौन ?

औरत : लक्ष्मण ! एक कान यूँ टेढ़ा करके बदमाश कैसे मेरी तरफ देख रहा था। पहले तो ऐसा गुस्सा आया। पर फिर ध्यान में आया। मास्टर, वो ही हैं वो। लक्ष्मण बने बैठे हैं। कैसे पकड़े गए। *(अभी तक मैं को पकड़ा हुआ है, इसका अहसास होते ही हाथ पीछे लेते हुए)* अब मैं उनकी ऐसी सेवा करूँगी। उनको उनकी पसन्द का जी भरकर खिलाऊँगी। आपको पता है ? कच्चे आम का अचार बहोत पसन्द था। मेरे हाथ का बैंगन का भरता इतने चाव से खाते थे। मेरे हाथ से नहाना भी उन्हें बेहद पसन्द था। अब मैं रोज उन्हें नहलाऊँगी। उनका बदन पोंछूँगी। पता है क्यों मुझसे बदन पोंछवाते थे ? मुझे पकड़कर बाँहों में... *(आगे का कह नहीं पाती इतना हर्षाती है)* मेरी गर्दन देखिए ना...कैसी है ? उन्हें बहोत पसन्द थी। दोनों पंजों में पकड़कर कहते थे...कसकर जान लेने का दिल करता है। मतलब सच में नहीं...प्यार से कहते थे। इस शरीर पर उन्हीं का हक है, है ना ? अब...अब मैं उन्हें छोड़ूँगी नहीं...छोड़ूँगी ही नहीं।

कहते हुए पीछे जाकर पीठ करके फ्रीज हो जाती है।

मैं : *(मुट्ठी पटकते हुए)* गॉड...माय गॉड ! *(खुद को बमुश्किल सँभालते हुए)* हे त्रस्त समंध, शान्त हो। शान्त हो। उच्च स्तर पर चल। मनःशान्ति के लिए कबीर...कबीर की शरण जा... नैतिक...क्या कहते हैं उसे...उत्थान। वो भूलना नहीं...आत्मा की परमात्मा से सिद्धि...परमात्मा की आत्मा से...योगसिद्धि के योग का प्रयोग...रामरामजयजयराम...श्रीराम जय राम जय जय राम...जय राम जय राम...

मैं अपने आपको सँभाल रहा है तभी साउंडट्रैक पर एक बाजारू फिल्मी बैकग्राउंड इफेक्ट शुरू होता है। पिछली स्क्रीन पर गेरुए अक्षरों में साग्रसंगीत जाप दिखने लगता है—॥ श्रीराम जय राम जय जय राम ॥

घोडके : *(दर्शकों से)* बात यहाँ तक पहुँच गयी। यानी अब आगे ऐसा चल ही नहीं सकता था। फिर क्या हुआ ? वो पन्द्रह मिनटों के बाद दिखेगा। *(दर्शकों को नमस्कार करता है।)*

मैं पीछे जाकर पीठ करके फ्रीज हो जाता था। घोडके दर्शकों के सामने। औरत पहले ही पीछे, मैं से दूर पीठ करके फ्रीज खड़ी है। पिछली स्क्रीन पर गेरुए अक्षर—श्रीराम जय राम आदि।

रंगमंच की रौशनी जाती है। प्रेक्षागृह के दीये जलते हैं। रंगमंच पर मैं, घोडके, औरत अब नहीं हैं। स्क्रीन पर के गेरुए अक्षर फीके हो जाते हैं। साउंडट्रैक पर फिल्मी संगीत शुरू हो जाता है।

परदा गिराया नहीं जाएगा।

अंक : दो

पिछली स्क्रीन पर औरत की सफेद नौवारी साड़ी पहनी पीठ का चित्र दिखने लगता है। घोडके और मैं आकर रंगमंच पर अपनी-अपनी पोजीशन ले लेते हैं। घोडके पीछे पीठ करके खड़ा है। सामने मैं, गम्भीर, ज़रा ज्यादा ही संजीदा चेहरे से दर्शकों के सामने बैठा है। गले में हँसता हुआ मुखौटा।

मैं : *(रौशनी उस पर पड़ते ही दर्शकों से)* आखिर मैं बीमार हो गया। पहले-पहल सिर्फ कमजोरी लगती थी। फिर रात में बदन में जाने कैसे-कैसे होने लगा। डॉक्टर के पास जाना कुछ दिन टला। पर बाद में तो पूरा दिन एकदम मुरदे की तरह लगने लगा। काम हो नहीं रहा था। खुदकुशी के खयाल दिमाग में घूमने लगे। तब मैं डरा। घोडके को बुलाकर मैंने पूछा, गाँव में कोई अच्छा डॉक्टर है ?

घोडके मुड़कर आगे आता है और मैं के सामने खड़ा होता है।

घोडके : सरकारी दवाखाने का वो उकीडवे डॉक्टर फिर भी ठीक है। लेकिन उसका भी ध्यान यहाँ की राजनीति में ही ज्यादा रहता है। खाली समय में ही डॉक्टरी करता है। तबियत ठीक नहीं लग रही है ?

मैं : हाँ, *(आह भरकर)* सोच रहा था किसी को दिखा लूँ।

घोडके : पहले के सरकार ऐसे ही बीमार हुए थे।

मैं : *(चौंककर)* ऐसे ही बीमार हुए थे ?

घोडके : हाँ। आप ही की उम्र के थे। आए तब अच्छे-खासे थे। एंबुलेंस लेकर जीजाजी आए थे—वापस ले जाने को।

मैं : क्या हुआ...उनको ?

घोडके : क्या होगा ? खाने-पीने की इच्छा मर गयी। नींद गायब हो गयी। हल्का-हल्का बुखार रहने लगा। घोडके की बात मानेंगे सरकार ?

मैं : क्या ?

घोडके : वापस बाम्बे चले जाइए। एंबुलेंस आने का इन्तजार मत कीजिए। कम्पनी को बता दीजिए। खामखाँ जहर की परीक्षा करने से क्या लाभ ?

मैं : नहीं। वापस जाने का कोई इरादा नहीं मेरा।

घोडके : घोडके को मालूम था।

मैं : सवेरे डॉक्टर कितने बजे आता है दवाखाने में ?

घोडके : आता है, कभी नहीं भी आता। गाँव में ही नहीं होगा तो कहाँ से आएगा ? कई बार तो जिले के दवाखाने जाता है, इस इलाके के लीडर लोग वहाँ रहते हैं ना।

मैं : सरकारी डॉक्टर का लीडर से क्या लेना-देना ?

घोडके : सरकार, उन्हें नहीं सँभाला तो डॉक्टर की नौकरी कैसे बचेगी ? सरकारी डॉक्टर को उनकी, उनके लोगों की दवा-दारू पहले देखनी पड़ती है। दवाखाने के पेशेंट बाद में। फिर, आज मार्केट में आना होगा...नहीं ?

मैं : *(जोर से)* बिलकुल।

घोडके : और ट्यूशन ?

मैं : *(नये सिरे से भड़ककर)* इन सवालों में छिपा अर्थ मैं समझता हूँ, घोड़के। गाँव में सब लोग जो कह रहे हैं, सुन चुका हूँ मैं। इसके लिए आप ही जिम्मेदार हैं।

घोडके : मैं ?

मैं : आप ही फैलाते हैं गाँव भर में ये। कम्पनी का पगार लेकर ये करते हैं ?

घोडके : माँ कसम कहता हूँ, मैंने किसी से कुछ नहीं कहा। उलटे कोई पूछता है तो सँभाल लेता हूँ। घोडके का वैसा स्वभाव ही नहीं सरकार, इधर की उधर करने का। सबूत हो तो कहिए। मुँह पर झुठला सकता हूँ। है सबूत ?

मैं : *(ठंडा होकर)* नहीं। लेकिन घोडके, असलियत क्या है ?

घोडके : सरकार, आपके बारे में घोडके ने जैसे किसी के कान नहीं भरे वैसे ही घोडके किसी और के बारे में आपके भी कान नहीं भरेगा।

मैं : पर मुझे पता तो चलना चाहिए। जो कहा जा रहा है वो कहाँ तक सच है ? उस घर के बारे में...औरत के बारे में...

घोडके : *(दिलचस्पी से)* सरकार, आपका अंदाज़ ?

मैं : मुझे अब भी लगता है कि सब झूठ है। लेकिन अपने ही अनुभव को झूठ कैसे समझूँ ? आपको अंदाज नहीं घोडके, पिछले कितने दिनों से मैं क्या-क्या सह रहा हूँ। कभी-कभी तो लगता है—

घोडके : क्या लगता है ?

मैं : आप...आपने मुझे वहाँ भेजा था घोडके...

घोडके : कैसे सरकार ! आप अपने आप वहाँ गए थे। घोडके ने सिर्फ राह दिखाई थी।

मैं : आपने मुझे तैयार किया...

घोडके : सरकार, घोडके बोले कि लॉज की खिड़की से कूद जाओ, तो कूदेंगे सरकार ? आखिर आप पर ही सब निर्भर था। घोडके थोड़े ही वहाँ आपके साथ था ! और चलिए पहले घोडके ने सुझाया, पर दूसरी बार तो आप ही खुद चलकर वहाँ गए थे। बाद में भी आप ही जा रहे थे। घोडके तो बस बहाना था, सरकार।

मैं : अभी भी कभी-कभी सब झूठ लगता है। एक डरावने सपने की तरह या सब मेरे मन का ही खेल है ? ये औरत आखिर है कैसी ? सच्चाई क्या है ? कभी-कभी लगता है जैसे मैं ही बुद्धू हूँ। नालायक हूँ।

घोडके : आज ही उकीडवे से दवा ले लीजिए सरकार। मैं मार्केट जाते वक्त देखता हूँ...डॉक्टर होगा तो उससे समय ले ही लेता हूँ।

मैं : *(आह भरकर)* हूँ...

घोडके : *(थोड़ी देर रुककर)* तो फिर मैं चलूँ सरकार ? मार्केट जाने का वक्त हो गया—खामखाँ देरी नहीं होनी चाहिए।

पीछे जाकर पीठ करके फ्रीज हो जाता है।

मैं : *(दर्शकों से)* दिखने में जानवरों के, पर डिग्री से इनसानों के डॉक्टर उकीडवे से डोज और पुड़िया लेने लगा। पर किसी को हर वक्त चूतिया की तरह लगता हो तो उसमें कोई डॉक्टर क्या करेगा ? डोज उँड़ेल दिया। पुड़िया रास्ते में फेंक दीं।

पिछली तरफ औरत मूडी पोज में फ्रीज होकर बैठी हुई। मैं उसकी तरफ खिंचा-सा जाकर खड़ा हो जाता है। चेहरा भर्राया-सा। बदन में हल्की कँपकँपी।

मैं : *(गर्म आवाज में)* क्या हो रहा है ?

औरत उसी तरह।

मैं : *(गला खँखारकर)* मैं पूछ रहा हूँ, क्या हो रहा है ?

औरत उसी स्थिति में, मैं से निरपेक्ष।

मैं : अं ? *(औरत को छूने के लिए हाथ बढ़ाता है। फिर संकोचवश हाथ पीछे खींच लेता है।)*

पिछले स्क्रीन पर अब औरत की स्टेज वाली नौवारी की मुद्रा बोल्ड आउटलाइन में दिखने लगती है। औरत का फॉर्म उसमें महसूस होता है।

फिर वह मुद्रा एक बेहद मादक स्लाइड—प्रत्यक्ष रूप से औरत की नहीं तो और किसी चीज की—सूचक नजर आती है।

उसके बाद दुनिया भर में मशहूर नग्न शिल्प का चित्र नजर आता है। फिर एकदम से औरत का खुला कन्धा और उस पर पुरुष का बालोंवाला हाथ।

मैं : *(रेकार्डेड स्वर)* मुझे पता है तुम्हें क्या हो रहा है ? मुझे भी वही हो रहा है। दोनों की एक ही बीमारी। और कितनी आँख-मिचौली खेलोगी ? बस्स करो अब ये जानलेवा खेल। बहोत हो गया। अब मैं ये खत्म कर रहा हूँ...आओ।

इसके साथ ही परदे का चित्र अदृश्य हो जाता है। स्टेज पर मैं और औरत जैसे पहले थे वैसे ही दिख रहे हैं—दूरी पर। जैसे-तैसे मैं हाथ लम्बा करके औरत को हल्के से स्पर्श करता है।

औरत : *(जैसे जल गयी हो)* हाथ मत लगाइए मुझे।

मैं और दूर।

औरत : मुझे आपसे घिन आती है।

मैं : *(रेकार्डेड स्वर)* ठीक से स्पर्श किये बगैर ही ?

औरत : मुझे सवेरे से ही तमाम पुरुष जाति से घिन हो रही है। पित्त की खुराक लेने के बाद भी घिन जा नहीं रही। मौत आ जाए तो अच्छा हो।

मैं : *(डरते हुए)* ऐसा क्या हुआ ?

औरत : बहोत हुआ। आखिर इनसान में कुछ तो मूल्य, क़ुछ तो संस्कार होने चाहिए।

मैं : *(कमजोर स्वर में)* हाँ, होना चाहिए।

औरत : आदमी और कुत्ते में क्या फर्क है ?

मैं : बहोत है।

औरत : पर ये बात इनको कौन बताएगा ?

मैं : इनको ?

औरत : पुनर्जन्म लिया है तब से एकदम बिगड़ गए हैं। बेशरम हो गए हैं। आज दोपहर को जरा आँख लग गयी, बिस्तर में अकेली ही लेटी थी। मन में आध्यात्मिक विचार चल रहे थे। यूँ ही खिड़की के बाहर झाँका तो—ओ माँ, मालूम क्या देखा मैंने ?

मैं : क्या ?

औरत : ये—एक कुत्ती के साथ...शोभा देता है क्या इन्हें। कितने अच्छे, कितने उदार संस्कार दिए थे मैंने। शर्म से काली पड़ गयी मैं। कारभारी से कह दिया है मैंने, आज़ से ये घर उनके लिए बन्द।

साउंडट्रैक पर गॉग बजता है।

औरत : भटकने दो, जान जाएँगे, भ्रष्टाचार का प्रायश्चित क्या होता है ? पिछले पुण्यों से मेरे जैसी सहधर्मिणी मिली। पुनर्जन्म में भी दूर नहीं किया। सवेरे दूध और बिस्कुट, दोपहर को ताजा मटन और रोटी। रात को दोपहर के मटन का रस्सा, ताजा भात, ऊपर से रोज नहलाना। यहाँ लाया गया तब बास मारते थे। इन्हीं हाथों से नहलाकर साफ किया। अपने बिस्तर में सुलाया, उसका ये बदला ? ओह। सारे पुरुषों से घिन आ रही है मुझे।

साउंडट्रैक पर तानपुरे का इफेक्ट।

औरत : जाइए मास्टर, आप चले जाइए यहाँ से। मुझे अकेले में गीतापाठ करने दीजिए। उसी से शायद आज के बाद मेरे मन को थोड़ी शान्ति मिले।

मैं : *(गला साफ करते हुए)* उनकी तरफ से—चाहो तो मैं माफी माँगता हूँ...आपसे !

औरत : *(उद्वेग के साथ हँसते हुए)* अब क्या लाभ ? जो होना था वो तो हो ही गया।

मैं : चाहो तो मैं ही गीतापाठ...

औरत : आप पुरुष हैं।

मैं : लेकिन गीता तो पुरुष नहीं है।

औरत : सच। गीता भी क्या मेरे मन को शान्त कर पाएगी ? मास्टर, गीता एक पुरुष ने ही दूसरे पुरुष से कही थी।

मैं : फिर भी...

औरत : नहीं मास्टर, पुरुष का हल्का-सा संसर्ग भी मुझे आज नहीं चाहिए। जाइए...जाइए...आप चले जाइए...

पीछे जाकर पीठ करके फ्रीज हो जाती है। मैं आगे आता है।

मैं : किया किसने और सजा किसे ?

औरत एकदम मुड़कर जल्दी से मैं की तरफ आती है। एकदम अलग भावमुद्रा।

औरत : सॉरी मास्टर। मुझसे गलती हुई। रात-भर सो नहीं पाई। बिस्तर में अकेली ही करवटें बदलती रही। सोच रही थी, कब सुबह हो।

मैं : सच ? अरे वा !

औरत : मुझे माफ कर देंगे वो ?

मैं : अं... ?

औरत : मैं उनकी सौ बार अपराधी हूँ। मैं ही पागल। बेअक्ल। खामखाँ गुस्सा किया। उनका कोई दोष ही नहीं था क्योंकि वो कुत्ता बने ही नहीं थे।

साउंडट्रैक पर गॉग।

औरत : रात को मुझे सपना आया था। एक जटाधारी वृद्ध मेरे सपने में आया। क्या तो उसका तेज ! क्या शरीर ! शरीर जवान और चेहरा वृद्ध। आँखें ऐसी प्रखर कि उनकी तरफ देखा नहीं जा रहा था। कहने लगा, बेटी...माया के पीछे क्यों भाग रही हो ? सच्चाई तो कुछ और ही है। वो देख...और उसके मन्त्र पढ़ते ही पता है कौन दिखा ?

मैं : *(क्षीण आवाज में)* कौन...?

औरत : *(लजाकर) इश् ! और कौन ?*

मैं : *(उत्सुकता से)* मैं...?

औरत : एक सफेद घोड़ा। संगमरमर की तरह सफेद बदनवाला। सफेद लटकते बाल। सफेद पूँछ। काली आँखें। फुफकार रहा था। मेरी नींद टूटी। *(रोमांचित होकर)* दृष्टान्त का अर्थ पता चला और इतना अच्छा लगा, मास्टर। आपको सपने का अर्थ समझ में आया ?

मैं : नहीं।

औरत : इतना सादा अर्थ आपकी समझ में नहीं आया ?

मैं आँखें चुराता है।

औरत : ये तो कुत्ते बने ही नहीं। ये...

मैं : *(सहारे के लिए बैठते हुए)* घोड़ा...बन गए।

औरत : मुझे कैसे पता नहीं चला ? खामखाँ उन कुत्तों को क्यों पाला मैंने ? सबको हंकाल दिया घर से...कैसे कें कें कर रहे थे।

मैं : बेचारे।

औरत : साक्षात्कार के बाद बड़ा शान्त-शान्त लग रहा है। अब मैं...

मैं : घोड़े पालेंगी।

औरत पीठ दिखाकर फ्रीज हो जाती है। मैं आगे आता है।

मैं : *(दर्शकों से)* दिल में ये बात पक्की बैठ गयी कि गधे की तरह इस औरत को मैं पवित्र और उदात्त और उच्च और पता नहीं क्या-क्या समझ बैठा। ये तो सीधी, सादी और एकदम पागल औरत है। ये ज्ञान मुझे पहले क्यों नहीं हुआ ? क्या तो...पति ने कुत्ते का जन्म लिया है। फिर क्या...कुत्ते का नहीं उसने तो घोड़े का जन्म लिया है। मैंने उसी रात अपने आपको ये खिताब दे डाला—चूतियानन्दन। खुद पे हँसी आ रही थी। क्यों इसमें मैं इतना खो गया था ? कि इसके सामने पूँछ हिलाने लगा ?

ये क्या मुझे नचाएगी ? मैं खुद ही पागल की तरह नाच रहा था और क्या। सब कुछ कैसे साफ-साफ दिखने लगा। दी ग्रेट सेल्समैन बनने चला था और बन बैठा सी.एन। सी फॉर चूतिया, एन फॉर नन्दन।

पिछले स्क्रीन पर बगटुट भागता एक सफेद घोड़ा।

घोडके : *(घूमकर आगे आते हुए)* क्या सरकार ? उकीडवे की दवा का असर दिखता है।

मैं : देखना है ? बाहर देखिए...खिड़की के बाहर...नीचे...रास्ते पर...

घोडके : क्या ?

मैं : उकीडवे की दवा का असर। वहाँ फेंक दी थी मैंने वो।

घोडके : अरे !

मैं : क्यों ? आपको चाहिए थी ?

घोडके : मेरी तबियत को क्या हुआ है ?

मैं : मेरी तबियत को भी कुछ नहीं हुआ घोडके। मैं एकदम ठीक हूँ।

घोडके : कैसे-कैसे...कमजोरी ?

मैं : गॉन...हॉर्स पॉवर का जोर आ गया है शरीर में।

घोडके : ऐसी कौन-सी दवा ली ?

मैं : सी.एन. कम्पनी का नो दायसेल्फ।

घोडके : भारी दिखता है।

मैं : भारी ? कुछ ज्यादा ही भारी। अभी आप मजा देखना...

घोडके : मजा ?

मैं : येस ? मज़ा। हॉर्स पॉवर।

घोडके : चमत्कार ही हो गया। आप में तो सरकार...

मैं : है ना ? अरे अभी आपने देखा ही क्या है ? देखते जाइए।

घोडके की पीठ। फ्रीज हो जाता है।

मैं : *(दर्शकों से)* अपनी अक्ल और होशियारी के अनुसार मैंने एक योजना बनाई। बचेंगे तो और भी लड़ेंगे। बचा तो हूँ अल्लामियाँ के रहम से, अब लडूँगा। उस रात को सोया ही नहीं। दूसरे दिन दिमाग में बस एक ही बात चल रही थी, ऑपरेशन हॉर्स पॉवर। सारी अक्ल का जोर लगाकर रात के अँधेरे में किले पे हल्ला बोल। इस बार किला हासिल करके ही दम लेंगे। छोड़ेंगे नहीं। बस्स !

पीछे स्क्रीन पर इतिहास की किसी धुआँधार लड़ाई का दृश्य आता है। इसमें दुश्मनों की औरतों को नंगा करके भगानेवाले सैनिकों की पाश्चात्य ऐतिहासिक पेंटिंग की प्रतिकृति भी नजर आती है। इन पेंटिंग्स के कुछ हिस्सों के क्लोज शॉट्स। साथ ही लड़ाई का पार्श्व संगीत बज रहा है।

मैं : तो इस तरह से मैं, सी.एन., एक रात को बड़ी होशियारी से दुश्मन के किले में घुस गया।

पीठ करके बैठी हुई औरत मुड़कर सामने आती है। उसके हाथ में एक ग्रन्थ है। मैं उसके कदमों के पास बैठा है।

औरत : *(थोड़ा पढ़ने के बाद)* कैसा लगा ?

मैं : बहोत सुन्दर।

औरत : ये तो कुछ भी नहीं। *(और पढ़ती है।)*

मैं : सचमुच अजीब है। मैंने तो सोचा ही नहीं था कि किसी ने ऐसा भी कुछ लिखकर रखा होगा।

औरत : क्या कह रहे हैं ? ये तो मैंने ही लिखा है।

मैं : तब तो सचमुच ही कमाल है। क्या प्रतिभा है ? क्या विद्वत्ता ? वाहवा ! और पढ़िए ना।

औरत पढ़ने का माइम करती है। पीछे टेपरेकॉर्डर डबल स्पीड से। औरत का पढ़ना जैसे रेकार्ड किया गया हो—इस तरह सुनाई देने लगता है। पिछले स्क्रीन पर भागता सफेद घोड़ा।

मैं : *(औरत के माइम के बीच में)* एकदम टॉप। फर्स्ट क्लास। आपकी जबान तो जैसे अमृत से कुल्ले कर रही है। सुध-बुध खोना शायद इसी को कहते हैं। और पढ़िए। रुकिए मत। आह ! आह ! पागल हुआ जा रहा हूँ। पढ़िए...

औरत : *(किताब बन्द करके)* खत्म हो गया।

मैं : क्या ? खत्म हो गया। इतनी जल्दी ? तो फिर वो शुरू का फिर से पढ़िए। जितनी बार सुनूँ, मन नहीं भरता। *(अचानक देखता है)* बाप रे ! बहोत वक्त हो गया। साढ़े बारह। वक्त कैसे कट गया पता ही नहीं चला। साढ़े बारह यानी अब लॉज पर जाने का कोई सवाल ही नहीं। दरवाजा बन्द हो गया होगा और हवा में ठंड यानी बाबू सरकार दारू पीकर घोड़े बेचकर सोया होगा। *(अँगड़ाई लेकर)* चलिए। लॉज पर ही चलता हूँ। *(बैठे-बैठे ही औरत के कुछ कहने की राह देखता है)* लेकिन दरवाजा नहीं खुला तो सोऊँगा कहाँ ? *(औरत कुछ कहेगी यह सोचकर देखता है, पर वो कुछ नहीं कहती)* नींद भी ऐसी आ रही है कि...*(फिर से अँगड़ाई)* नहीं—अब क्या करूँ ? कुछ दिनों से तबियत भी ठीक नहीं चल रही है।

औरत : क्या होता है ?

मैं : क्या नहीं होता, ये पूछिए। कमजोरी...खाँसी। एक बार तो खून भी गिरा...थूक से...

औरत : खाँसी तो सुनी नहीं।

मैं : आपके पढ़ने में खाँसना भी भूल गया। ऊपर से लॉज पर मच्छर, खटमल। *(चुटकी बजाते हुए)* लॉज पर जाना जरूरी थोड़ी है। कोई राह देखनेवाला तो है नहीं। *(फिर से अँगड़ाई)* चलिए लॉज पर ही चलता हूँ। *(बैठकर)* आपको क्या लगता है ?

औरत : किस बारे में ?

मैं : नहीं, मतलब मुझे लॉज पर जाना चाहिए ? मतलब मेरे जाने की...इतनी रात गए ?

औरत : असल में तो आपको तभी निकल जाना चाहिए था।

मैं : जो हुआ सो हुआ। मुझे गद्दी वगैरा की आवश्यकता नहीं। सवेरे मैं जल्दी उठता हूँ। हवा सर्द है। मुझे एक शॉल दे दीजिए बस। और बड़ा-सा तकिया। लोड़ भी चलेगा।

औरत : मुझे ये ठीक नहीं लग रहा है।

मैं : आप खामखाँ इन बातों को इतना महत्त्व दे रही हैं। ये बातें तो रोज ही घटती रहती हैं। मतलब—समझिए मैं आज रात को यहाँ नहीं रुका। फिर भी बातें बनानेवाले तो बनाएँगे ही। असल में तो बातें बनने भी लगी हैं।

औरत : क्या कहते हैं लोग ?

मैं : मुझे कैसे पता होगा ? मैं लोगों की तरफ ध्यान नहीं देता। इसीलिए अपने को ही करना होगा जो कुछ भी करना है। लोग

तो कहते ही रहेंगे। एक गर्म ओढ़ना भी चाहिए होगा—लगता है।

औरत : पर लोग क्या कहते हैं ? मेरा चरित्र साफ है। कोई मेरी तरफ उँगली नहीं उठा सकता। इनके जाने के बाद भी मैंने पूरी ईमानदारी बरती है—औरत होने के बावजूद। बताइए ना, लोग क्या कहते हैं मेरे बारे में ?

मैं : जाने दीजिए। लोग कहते हैं और कहते रहेंगे। कर नहीं तो डर कैसा ?

औरत : लोग मेरे बारे में बातें करें, ऐसा मेरी जिन्दगी में कुछ भी नहीं—मैं सच कहती हूँ।

मैं : नहीं होगा। पानी, लोटा-भर...रात को प्यास लगती है मुझे। कभी भूख भी लगती है।

औरत : बड़ी बेचैनी हो रही है। किसी के पास जाना नहीं, आना नहीं, फिर भी मेरे बारे में...

मैं : बातें करनेवालों को बस विषय चाहिए। आप सो जाइए।

औरत : स्वाभिमान से जी रही हूँ मैं। मैंने क्या सहा...मुझे ही पता है। *(आँखें भर आती हैं)* नहीं...कुछ भी कहिए तकलीफ होती है।

मैं : होती है ना। *(अचानक औरत का हाथ पकड़ता है)* मैं कुछ कम करूँ तकलीफ ?

औरत : *(चौंककर हाथ पीछे करने का प्रयास करती है)* अं ? ये क्या ? ये क्या बदतमीजी है ?

मैं : *(हाथ पकड़े रहता है)* भावना के वेग में रहा नहीं गया।

औरत : ये ठीक नहीं। ये बिलकुल ठीक नहीं। पाप है।

मैं : पर ये प्राकृतिक या क्या कहते हैं ना उसे—वैसा है।

औरत : गन्दा है ये। जानवर और इनसान में क्या फर्क रह जाएगा ?

मैं : पैरों की संख्या का तो है ही और भी हैं। मैंने इस बारे में ज्यादा सोचा नहीं है।

औरत : हाथ छोड़िए। इनसान को पवित्र विचार मन में लाने चाहिए।

मैं : पर शरीर आखिर शरीर है।

औरत : *(हाथ छुड़ा लेती है)* छोड़िए, मास्टर। आपने मेरी बेचैनी को बढ़ा दिया है। इसीलिए कह रही थी, आप चले जाते तो अच्छा होता।

मैं : मुझे ठीक उलटा लग रहा है।

औरत हाथ छुड़ा लेती है और पीछे जाती है। पीठ करके फ्रीज होती है।

मैं : *(दर्शकों से)* वो अनुभव कमाल का था–उत्तेजक। बिना झिझक एक औरत का हाथ पकड़ना, यानी ये क्या होता है, ये उस दिन पता चला। खून का असली स्वाद खून को पता चला था। बेहद आत्मविश्वास जाग उठा था।

पिछली स्क्रीन पर बाघ का उग्र चित्र।

मैं : *(पीठ करके बैठी हुई औरत के पास जाते हुए दर्शकों से)* वो अपने शयनागार उर्फ बेडरूम में जाकर सो गयी थी। *(औरत से ऊपर के स्वर में)* सॉरी। पर बाथरूम कहाँ है–बाथरूम ? पीठ टेकने से पहले ही पूछ लेना अच्छा है।

औरत : *(पीठ किए हुए ही, बेडरूम से बोलने जैसे ऊँचे स्वर में)* बाहर पैसेज पार करके दाएँ हाथ को। मेरे कमरे से ऐसे ही कुछ कदम आगे चलिए तो मिल जाएगा। लाइट का स्विच वहीं दरवाजे के पास है। अँधेरे में गिर जाएँगे, इसीलिए बताया।

मैं उस हिसाब से सब कुछ करके फिर से अपनी जगह पर आता है।

मैं : *(दर्शकों से)* बाथरूम ढूँढ़ने के बहाने वो जहाँ सोती है, वहाँ का भूगोल जान लिया। औरत अकेली अपने बेडरूम में सो रही थी। इसका मतलब है, उसकी बेटी अलग कमरे में है। अँधेरे में लेटे-लेटे मन-ही-मन मैं दरवाजों का क्रम गिन रहा था। नम्बर एक भगवान का घर। नम्बर दो नॉट नोन। नम्बर तीन औरत। नम्बर चार, औरत के कमरे के सामने का, उसके बाद ? उसके बाद बाथरूम। बाथरूम के पहले का तीसरा, दाँयी तरफ का, वो औरत का। नींद भाग गयी थी। शरीर का रोम-रोम जाग रहा था। बीच-बीच में किसी पलंग की स्प्रिंग्ज किरकिरा रही थीं। ये पलंग औरत का होगा। वो भी सो नहीं रही थी। आज की रात कुछ खास घटनेवाला था जो काफी दिनों से घटना चाहता था पर हिम्मत नहीं हो रही थी। कल का सवेरा अलग होनेवाला था। कल का सूरज एक नए मर्द को देखनेवाला था। आज तक का चूतियानन्दन खत्म होनेवाला था। अँधेरे में किसी घड़ी के घंटे गिनते हुए इन्तजार कर रहा था। तभी लगा जैसे तीसरे कमरे में दिया ज़ला। पैसेज में मिनट-डेढ़ मिनट के लिए रौशनी की हलकी किरण नजर आयी। फिर बुझ गयी। फिर पलंग की किरकिर। उसे नींद नहीं आ रही थी। तड़प रही थी। कुछ ही दूरी पर। मैं पहुँच सकता हूँ। इतने नजदीक। कहने भर को बन्द, खिंचे हुए दरवाजे के पीछे। हो सकता है मेरा ही इन्तजार कर रही हो। उसे पता होगा कि मैं भी जाग रहा हूँ, तड़प रहा हूँ। दिल में बस यही चल रहा था।

पिछली स्क्रीन पर बहुत बड़ा झरना। फिर उसी जगह पर बारिश के मैले पानी का बड़ा-सा तालाब और उसमें गिरनेवाली धुआँधार बारिश। इसके बाद ज्वालामुखी का जलता मुँह और उछलता-उबलता लावा।

वक्त बीता जा रहा था, फिर भी कुछ नहीं घट रहा था। बीच में फिर से एक बार उसके कमरे की बत्ती जली। पैसेज में उसके कदमों की आहट सुनी। कमरे का दिया बुझ गया। फिर उसके पलंग की जानलेवा किरकिर। पगले, वो बिस्तर में अकेली पड़ी तड़प रही है। तेरा इन्तजार कर रही है। तू यहाँ लेटा क्या कर रहा है ? पर मन-ही-मन मुझे खुद पर शर्म भी आ रही थी। बाद में लेकिन निश्चय किया। सच में ही उठा। हर-हर महादेव। सीना धड़क रहा था। हर तरफ शान्ति थी। अब पीछे नहीं हटना था। नजर को दूसरा कुछ नजर ही नहीं आ रहा था। वो गोरा, मखमली बदन। हर वक्त कपड़ों की आड़ से चिढ़ानेवाला, अध्यात्म के परदे के पीछे से ललचाता मूर्तिमान कामशास्त्र—चलता, बोलता। उसी पल मैं उठा। अँधेरे में निकल पड़ा। पहला दरवाजा पार किया। बीच में ही ठोकर खाई। दिख नहीं रहा था फिर भी दरवाजों का हिसाब चल ही रहा था। तीसरा दरवाजा धकेला। अन्दर एकदम मद्धम रोशनी जल रही थी। पलंग पर दुलाई में वो—वो पीठ फेरे, भूखा, मखमली शरीर। दिल धड़क रहा था। आँखें जल रही थीं। वो—वो ही—आज तक जो सामने परोसा रखा था—साँस रोकी। मन-ही-मन चिल्लाया—ऑपरेशन हॉर्स पॉवर शुरू। और आगे बढ़ा...

रंगमंच पर अँधेरा हो जाता है। औरत की एक लम्बी चीख। पीछे उसी आवाज में एक और चीख। फिर डरावनी आवाजें। परदे पर लाल रंग बहता हुआ, जैसे खून। एकदम शान्ति। कुछ पल इतना ही। अचानक प्रेक्षागृह के दीये जलते हैं।

रंगमंच के पर्दे का लाल रंग अदृश्य। परदे पर कुछ भी नहीं। रंगमंच पर घोडके बैठा है।

बीड़ी जलाता है। कश लगाता है। किसी सोच में डूबा है

शायद। सोचते-सोचते उठकर जाने लगता है।

फिर से आता है। सोच में डूबा-डूबा खड़ा रहता है। अब पीछे मैं आकर पीठ करके बैठ जाता है।

घोडके : *(मैं की तरफ जाकर)* गुडमार्निंग सरकार।

मैं घूमता है। रंगमंच पर रौशनी आती है। प्रेक्षागृह की रौशनी बुझ जाती है। मैं बिखरा हुआ, त्रस्त नजर आ रहा है। रात में जागने की वजह से।

घोडके : मैंने कहा गुडमार्निंग। बहोत देर बजाई—बेल। क्या हुआ समझ में नहीं आता।

मैं बात नहीं करना चाहता। इस तरह से देख रहा है जैसे कुछ खो गया हो, ढूँढ़ रहा है।

घोडके : क्या चाहिए सरकार ? माचिस है मेरे पास। चाहिए तो सिगरेट मँगाऊँ ?

इस पर मैं उसकी तरफ देखता है पर नजर में भटकाव।

घोडके : क्या ऑर्डर है ? चाय ? ब्रेकफास्ट ? आमलेट मँगाऊँ सरकार ? *(आवाज लगाते हुए)* बाबू सरकार।

मैं : *(जल्दी से)* नहीं।

घोडके : कोई बात नहीं। उकीडवे की दवाई ? नहीं। तबियत कुछ खराब नजर आ रही है। यहाँ से गुजर रहा था। बंका सरफिरे के बाप के पास था रात-भर। पागल हो गया अचानक। वो नहीं, उसका बाप। बंका अकेला। उसे सँभालने की कोशिश में गया था मदद करने। मुश्किल अपनी, औरों की, एक जैसी। रात-भर वहीं था। आप तो ठीक हैं ना ?

मैं : *(तंग आकर)* मुझे क्या होगा ?

घोडके : चलूँ ?

मैं : मैंने बुलाया नहीं था।

घोडके : मार्केट में ही डायरेक्ट आता हूँ फिर। गाड़ी भर कर आता हूँ।

मैं पीठ किए झुका बैठा है। स्क्रीन पर पहलेवाली वही लाल धारा। घोडके अन्दर से खाली हाथगाड़ी लेकर आता है।

घोडके : *(मैं की तरफ जाता है। मैं घूमकर सामने आता है। निश्चल और अन्यमनस्क)* ये क्या सरकार ? सवेरे आया तो कुछ अंदाजा नहीं दिया ?

मैं : *(और भी अन्यमनस्क)* किस बारे में ?

घोडके : आज आप मार्केट नहीं आएँगे इस बारे में। पर अच्छा हुआ नहीं आए।

मैं : *(शंका से)* वो क्यों ?

घोडके : क्यों क्या ? आज कोई दुकानदार ही जगह पर नहीं था। उस सारडा शेठ की लड़की की शादी है बम्बई में। ठाठ से होगी शादी। दोनों पार्टी गब्बर हैं। *(थोड़ा रुककर)* आज ट्यूशन...

मैं : शटाप घोडके।

घोडके : *(थोड़ी देर के बाद)* क्या हुआ सरकार ? वैसा बुरा मकसद नहीं था घोडके का। पर सरकार मार्केट में लोग कह रहे थे आज...

मैं : क्या ? क्या कह रहे थे ?

घोडके : यही—और क्या ? रॉकेल मिलता नहीं। सरकार की पॉलिसी गलत है।

मैं : वो नहीं।

घोडके : ऐसा ही बहोत कुछ...दूसरा क्या कहेंगे ?

मैं शक से देख रहा है घोडके की तरफ।

घोडके : क्यों ? सरकार ने नहीं सुना ?

मैं : नहीं। पर मेरे सम्बन्ध में...?

घोडके : आपके सम्बन्ध में पूछ रहे हैं ? नया कुछ नहीं, पुराना ही। वहाँ क्या ध्यान देने का सरकार ? बैल कहिए, इनसान कहिए—दोनों को मुँह हिलाने में अच्छा लगता है।

मैं : आप जाइए घोडके।

घोडके इस पर अटक जाता है। मैं तनाव में।

मैं : देख क्या रहे हैं ? चलिए आप।

घोडके : हाँ।

घोडके निकलता है। मैं उसकी तरफ शक से देखता है। घोडके जाकर रंगमंच पर पीछे पीठ करके फ्रीज हो जाता है। पिछली स्क्रीन पर अब शराब के हैंगओवर को व्यक्त करती अमूर्त पेंटिंग।

मैं : *(दर्शकों से)* जैसे-जैसे दिन चढ़ता गया, मेरी चिन्ता थोड़ी कम हुई। पर डर किसी भी तरह से कम नहीं हो रहा था। अपने आप पर इतनी शर्म आ रही थी। फिर से एक बार दी ग्रेट चूतियानन्दन। नॉट ओनली ग्रेट—ग्रेटेस्ट।

अभी तक गाँव में बात उड़ी कैसे नहीं ? पकड़ने के लिए पुलिस क्यों नहीं आ रही थी ? घोडके को सचमुच कुछ पता नहीं था या वो यूँ ही अनजान बन रहा था ? गाँव से मुँह काला करें ? या निर्लज्ज की तरह यहीं पड़े रहें ? यूँ बैठे-बैठे राह देखना असह्य हुआ जा रहा था। खुद ही जाकर लोगों को चिल्लाकर

बताऊँ...मैंने ऐसे-ऐसे किया है। पर शर्म आड़े आ रही थी। रात को जी भरकर दारू पी फिर भी बीच-बीच में नींद उचट रही थी। बुरे-बुरे सपने आ रहे थे। घरवालों को सब पता चल गया है। औरत के चक्कर में पड़कर...गलती हो गयी। खरीदी हुई भगवद्गीता ढूँढ़कर पालथी मारके बैठ गया...*(बैठता है।)*

वह महान ग्रन्थ जिन्दगी में पहली बार ही इतने भक्तिभाव से खोला।

भगवद्गीता का वाचन करने लगता है। परदे पर तेजोवलय।

मैं : *(रेकॉर्डेड वाचन चल रहा है)* ये ग्रन्थ कितनी मानसिक शान्ति देता है। ये उस रात समझा।

पीठ दिखाकर फ्रीज होता है। घोडके घूमकर अन्दर जाता है और हाथगाड़ी लेकर आता है।

घोडके : चलिए सरकार, मार्केट।

मैं ने चेहरे पर लगे मुखौटे पर काला चश्मा चढ़ाया हुआ है। वो खामखाँ सीना ताने चल रहा है। पीछे से घोडके हाथगाड़ी धकेलते हुए। परदे पर फिर से लाल दाग।

मैं : *(घूमते हुए)* किसी को कोई अंदेसा नहीं था। ज्यों-ज्यों दिन चढ़ता गया वैसे-वैसे धीरज बँधा—काम किया, फिर ? हजम नहीं होगा पर हिम्मत लगती है। हजम कर रहा हूँ।

घोडके : *(गाड़ी विंग में रखकर आता है)* आजकल सरकार आप कहीं आते-जाते नहीं।

मैं : आ रहा हूँ ना। क्या—मार्केट में ?

घोडके : वो नहीं, ट्यूशन...

मैं : *(काला चश्मा सँवारते हुए)* छोड़ दी।

घोडके : छोड़ दी ? औरत ने कहीं कोई फालतूगिरी तो नहीं की ? सरकार का अपमान–घोडके का अपमान। मैंने भेजा था सरकार को वहाँ–ट्यूशन को। मेहनताना मिला ना सरकार, ट्यूशन का ? नहीं तो बताइए।

मैं : उसकी आप फिक्र मत कीजिए घोडके।

घोडके : ऐसे कैसे ? मेरी ही जबान पर तो आपको लिया गया था...

मैं : मेरा भी कोई वजूद है...

घोडके : वो आपके शहर में सरकार, बॉम्बे में। नाराज मत होइए, पर यहाँ लोग घोडके को पहचानते हैं। घोडके ने बात रखी इसीलिए आपकी नियुक्ति हुई। बढ़-चढ़कर नहीं कह रहा हूँ सरकार, घोडके छोटा आदमी। छोटे गाँव में राई भी पर्बत।

मैं : समझा। आप पहले डिपो की तरफ बढ़िए। मैं लॉज की तरफ जा रहा हूँ।

घोडके : सोचता हूँ आज चक्कर लगाकर आता हूँ, वहाँ–बँगले पर, ऐसे ही। काफी दिनों से गया नहीं ना–

मैं : *(जल्दी से)* नहीं। *(सँभलते हुए)* लॉज पर ही आइए। डिपो से डाइरेक्ट वहीं आइए। जरूरी काम है। घोडके गुरुजी, नहीं, सरकार–पक्का आइए।

घोडके हाथगाड़ी समेत अन्दर जाता है। हाथगाड़ी रखकर रंगमंच पर पीछे की ओर दर्शकों की तरफ पीठ करके बैठता है–निश्चल होकर।

मैं : *(पसीना पोंछते हुए आँखों पर से काला चश्मा उतारता है)* घोडके सीधे वहीं न चला जाए, इस चिन्ता में बेचैन हुआ जा रहा था। काम के बहाने उसे रोकने की कोशिश की। इस बार

तो वो कामयाब हुई। पर आगे क्या ? ये तय था कि घोडके को आज नहीं तो कल पता चलने ही वाला है। फिर सोचा कि पता चल भी जाए तो क्या होगा ? वो क्या बोलेगा ? उसे नौकरी में रहना है। इतना सुखमय काम उसे ऐसे गाँव में दूसरा कौन देगा ? फिर तय किया, बाहर से पता चलने से पहले मैं खुद ही बता दूँ तो अच्छा है।

मैं सिगरेट जलाता है। घोडके मुड़कर मैं की तरफ आता है।

मैं : *(सिगरेट का कश लेकर)* आइए, घोडके, गाड़ी रख आए डिपो में ?

घोडके : *(दिल पे न लेते हुए)* तो सरकार, क्या काम था ? नहीं, निकलते वक्त आपने याद से कहा था इसीलिए पूछ रहा हूँ।

मैं : *(समय लेता है)* मतलब काम ही था, ऐसा भी नहीं।

घोडके उसके बोलने का इन्तजार कर रहा है। पिछली स्क्रीन पर पुराने नाटकों के अभिनेताओं की स्वगत कहती हुई आकृतियाँ।

मैं : घोडके... *(अटकता है।)*

घोडके : पानी दूँ सरकार ?

मैं : क्यों ? नहीं। साफ कपड़े पहना कीजिए घोडके।

घोडके : जाने दीजिए ना सरकार। वो बताइए जो बतानेवाले थे।

मैं : *(ज्यादा ही चिन्तित)* आपने बेकार में ही शायद सोच लिया है कि कुछ–बहोत ही जरूरी बात बतानेवाला था। दरअसल ऐसा कुछ नहीं है। मैंने यूँ ही...

घोडके : सरकार बोल दीजिए तो मन को तसल्ली मिल जाएगी, जी

हल्का हो जाएगा।

मैं : हाँ...कुछ दिन पहले एक घटना घटी। एक घटना *(घोडके की नजर महसूस करते हुए)* क्या हुआ ?

घोडके : *(देख रहा है)* कहाँ, क्या ?

मैं : ऐसे क्यों देख रहे हैं ?

घोडके : हमेशा ऐसे ही देखता हूँ।

मैं : हमेशा की तरह मैं गया। ट्यूशन को...तो रात को देर हो गयी। देर यानी—और किसी वजह से नहीं...

घोडके : ट्यूशन की वजह से, समझ गया। फिर आगे ?

मैं : औरत ने कहा...लॉज पर क्या जाएँगे आप ? रह जाइए रात-भर यहीं।

घोडके : क्या गलत कहा ? रात-बेरात कहाँ जाएँगे ? और उस घर में वैसा परायापन बचा ही नहीं था आपके बारे में। मुझे रिपोर्ट मिलता है ना बराबर।

मैं : मैं सोच में पड़ गया। शायद मैंने गलती की—पर मैं रह गया।

घोडके : अच्छा किया।

मैं : अच्छा या बुरा पता नहीं। मुझे क्या मालूम था कि इसमें से कुछ...यानी...और कुछ...निकलेगा ?

घोडके : और कुछ यानी सरकार ?

मैं : मैं दीवानखाने में सो रहा था।

घोडके : औरत ने आपको दीवानखाने में सुलाया सरकार ?

मैं : *(सिगरेट की पैकेट ढूँढ़कर एक सिगरेट मुँह में पकड़ता है।*

घोडके तत्परता से अपनी दियासलाई से उसे सुलगाता है। कुछ कश लेकर) रात को औरत बिस्तर में आयी।

घोडके ऐसे खड़ा है जैसे आगे सुन रहा है। पिछली स्क्रीन पर पहलेवाली खून की धार दिखने लगती है।

मैं : चौंक गए ?

घोडके : छी।

मैं : मैं चौंक गया...ऐसा कुछ होगा...सोचा ही नहीं था...

घोडके : औरत ने रात को रहने को कहा फिर भी ? फिर उसने रहने के लिए क्यों कहा सरकार ?

मैं : पर घोडके...

घोडके : नहीं, मैं कहता हूँ ऐसा कोई मिलेगा नहीं तो वो जिएगी कैसे ? जवान शरीर सरकार, भूख तो लगेगी ही।

मैं घोडके की प्रतिक्रिया से भ्रमित हो जाता है।

घोडके : पति है नहीं। पास ठीक-ठाक पैसा। घर। घर में इकलौती एक बच्ची, पैदाइशी पागल। दिल को बहलाने का सामान तो चाहिए ही ना सरकार ?

मैं : *(विरोध करते हुए)* पर मैंने सोचा ही नहीं था घोडके...

घोडके : अब क्या औरत सीधे बोलेगी कि मुझे आपके साथ सोना है ? औरत है आखिर। संकोच होता है। गाँव में कहीं कह नहीं सकती। बात फैल गयी तो खानदान की इज्जत का सवाल।

मैं : पर घोडके उसके बारे में मैंने ऐसा सोचा ही नहीं था...उसकी वो बौद्धिक भूख, अध्यात्म की ओर लगाव, संस्कृति का अभिमान...और खासकर, गुजरे हुए पति क़े...नहीं...कैलासवासी

पति पर जो श्रद्धा...*(रुककर घोडके की तरफ देखता है।)*

घोडके : सरकार इसका और उसकी भूख का क्या सम्बन्ध ? दिल में देव-धरम के विचार करने से क्या भूख मिट जाती है ? भूख तो भूख है। उसे पेट-भर खाना चाहिए ही। फिर वो धर्म है या अधर्म—कोई नहीं सोचता। चोरी भी चलती है।

मैं : घोडके, ये भयानक है...

घोडके : जाने दीजिए सरकार। दिया ना, उसे जो चाहिए था ? पेट-भर दिया ? शान्त कर दिया ना जी उसका ?

मैं : *(सात्विक गुस्से से)* आप मुझे समझते क्या हैं घोडके ? मैंने उसे साफ बता दिया...

घोडके : *(बड़ी-सी आह भरकर)* आखिर बता ही दिया ?

मैं : तो फिर क्या करना चाहिए था ?

घोडके : जाने दीजिए सरकार अब। अनुमान गलत हुआ घोडके का। निकलता हूँ मैं। आपको भी सोना है। सवेरे मार्केट है। *(निकलने के लिए घूमता है।)*

मैं : *(घोडके के आगे इस क्षण हीन-दीन)* तो फिर आप क्या कहते हैं घोडके ?

घोडके : अब क्या फायदा ? हारी हुई जंग के बारे में चर्चा करने से क्या लाभ ?

घोडके पीछे जाकर फ्रीज हो जाता है।

मैं : *(दर्शकों से)* हारी हुई जंग की चर्चा करने से क्या लाभ ? ऐसा लगा जैसे कोई तमाचा मारकर चल दिया। कहा, घोडके, जंग हारा पर ऐसे नहीं हारा। लड़कर हारा हूँ। पूरी ताकत से लड़ने की जिद की, पर साला नसीब फिर से एकबार गांडू

निकला। अँधेरे में दरवाजों का हिसाब गलत हो गया। माँ के बजाय...हड़बड़ाहट में लड़की ही हाथ लग गयी और...

साउंडट्रैक पर पहले की चीखें, चीत्कार। फिर शान्ति।

मैं : कह रहा था, गधे रुक पर शरीर रुकने का नाम ही नहीं ले रहा था। फिर रुक गया। फटे हुए टमरेल की तरह फटकर बह गया। खाली हो गया। पीछे आहट हुई। कोई आया। दिया जला।

दिया जला हुआ। औरत ने ही दिया जलाया। वो खड़ी है। मैं अस्त-व्यस्त। औरत अपनी ठंडी, जलती नजरों से मैं को देख रही है।

औरत : *(सिर्फ एक तुच्छ स्वर)* हूँ !

मैं : लगा कि वो आगे कुछ कहेगी...

औरत : *(रेकॉर्डेड आवाज़)* चले जाओ यहाँ से। नीच राक्षस। इसीलिए बहाना बनाकर यहाँ रुके थे। इसीलिए इतने विश्वास से तुझे रहने दिया। मेरी अश्राप, पागल बेटी पर पाशवी बलात्कार। असंस्कृत, दो पैरों का जानवर, मानव के भेस में लोमड़। विकृत मनोवृत्ति का सरफिरा। कौन है वहाँ ? इसे बाहर निकालो। मार-मारकर रास्ते पर फेंक दो। इसके इस कारनामे का ढिंढोरा पीटो गाँव भर में।

मैं : लग रहा था कि उसे ये सब कहना चाहिए, पर उसने कुछ नहीं कहा। सिर्फ उसकी वो ठंडी, जलती नजर...

पिछली स्क्रीन पर प्राणांतक वेदना सहनेवाली औरत के चेहरे का ब्रश के बड़े-बड़े फटकारों से छितराया चित्र।

मैं : आखिर मैं ही पैर खींचते हुए अपनी लाश को ढोते हुए उस घर से बाहर निकला। जितना दूर जा रहा था उतना शर्म से

काला-काला हुआ जा रहा था। टेरिबल। जस्ट टेरिबल।

मैं ऐसे खड़ा है तभी पारसी ताडपत्रीवाला लम्बे-लम्बे डग भरता सूटकेस समेत आता है।

ताड़ : *(उत्साह से)* गंगू ! गंगू, साला...कांग्रॅच्युलेशन्स कर तु मला... गुड न्यूज। *(जबरन मैं का हाथ पकड़कर हिलाता है और फिर छोड़ देता है)* थैंक्यू। थैंक्यू—अरी आपडी वाइफ...उसको डिकरा हुआ साला। अपनी रिस्पॉन्सिबिलिटी पूरी हुई। दत्तगुरु की किर्पा। अपन टूर पर था तभी वाइफ प्रेगनंट हुआ। साला अपुन इधर स्तोत्र पढ़ता होता और उधर वाइफ कन्सीव होता था। कॅन यू बीट इट बॉय ? धमाल का कमाल है कि नहीं साला ? *(ऊपर देखकर मैं को आँख मारता है)* चमत्कार है कि नहीं ?

मैं : *(अभिवादनपूर्वक)* गुरुदेव !

ताड़ : सेलिब्रेट करने का है ? आज से...सब ब्रत खतम। अपुन साला सेलिब्रेट करेगा। तू भी चल। ग्रेट फन साला, ग्रेट फन।

ताडपत्रीवाला लम्बे डग भरता अन्दर चला जाता है। रंगमंच पर सिर्फ मैं ही है। कुछ पल एकदम शान्ति।

मैं : *(दर्शकों से, गला साफ करके)* कुछ भी हो, एक अनुभव प्राप्त हुआ। ताडपत्रीवाले से मुलाकात के बाद एक और अच्छी घटना घटी। मैंने खत लिखकर घर में बता दिया कि शादी करनी है। जल्दी से एक अच्छी लड़की देखिए। कैसी भी चलेगी। तबियत से तन्दुरुस्त होनी चाहिए।

साउंडट्रैक पर शहनाई, बैंड। स्क्रीन पर शादी की विधि। बारात। शहनाई की आवाज अस्पष्ट होती जाती है।

मैं : पहली रात को पहली फजीहत का कसकर बदला लिया। कहा, हम भी कुछ कम नहीं। उस गाँव में फिर कभी नहीं गया। वो

नौकरी ही छोड़ दी। बीबी के पैर शुभ साबित हुए। तीन सौ रुपयों से कम पगार का, पर बिना टूरवाला एक आरामदायी जॉब मिल गया। प्रमोशन वगैरा मिलाकर अब भगवान की दया से सब ठीक चल रहा है।

स्क्रीन पर बीड़ी जलाते हुए घोडके का चेहरा नजर आता है। वह चेहरा एकदम से बदलता है और दर्शकों की तरफ घूरकर देखनेवाला उसका दूसरा चेहरा आता है। पीछे साउंडट्रैक पर पसायदान शुरू हो जाता है—जो जे वांछित तो ते लाहो...आदि।

मैं ने विदूषक का मुखौटा चढ़ाया हुआ है। विदूषक की टोपी भी। साउंडट्रैक संगीत चल रहा है।

विदूषक उसकी धुन पर कमर वगैरा हिलाकर नाचते हुए खुद के दर्शकों के साथ एकाकार होने का संकेत देता है। रंगमंच के दीये बुझ जाते हैं।

●●●